Roos vir 'n Engel

Padriac Africa

Malherbe Uitgewers Publikasie

Outeur: Padriac Africa
Voorbladontwerp: Malherbe uitgewers

Geset in Franklin Gothic Book 11pt

Inhoud

Sonder jou

Dis ewig winter, in my vakante lewe
elk' dag is 'n verbeusel sonder jou
liefde is geen genot, om in gehyg, na te strewe
wie wil die yskoue wind wat eensaam vlaag, vashou?
'k heef my hart weggegee
en 'n traan in ruil daarvoor ontvang, wat skrei in wee.

Die stilte is soos 'n dooie skadu
en my gevoelens, word met verdriet geneuk
die deuglikheid van liefde't my verafsku
en jou opgeruimde glunder in my hart ontbreek
'k het jou soet stem hoor fluister
maar die gesang was sonder jou woorde
neurie bly 'k luister.

'K heef 'n boodskap met die wind gestuur
maar poega!...die het met niks teruggekeer
'k heef vier winters en drie somers, na die hekkie
getuur
wanneer hoor 'k die hekkie draai op sy skarniere, en
lonk jou weer
geen duit kan jou liefde vervang
'k heef my hart met 'n galgtou, teen die hem'le
opgehang.

My hart's 'n gaasdoek van gerubyne se wig-trane
'k sal als gaf, om dit weer te lonk skitter
'k heul met die eensaamheid, ongelukkig en
gespanne
my hare verword gruis en baard al hoe witter

1

om eensaam te sterwe, was my kawel.

hoe kon jou gebroke-belofte van waarheidsliefde,
my hart so kwel?

'K heef 'n vleugie, dat 'k jou eendag sal in die hem'le
ontmoet
en dan sal 'k God soebat, om hand en hand met jou
vir oulaas rond te dool
om net te vra, wat het jou hart vir my liefde gedoet
en daarna kan Hy, maar my siel ewig verkool
want een hemel, wil 'k nie met jou ewig deel
want net om my hart flenters te breek,
heef jy dit in die verlede gesteel...

Doringkroon

Elk' stekel het Lam-Bloed vergiet
en diep in die Vredevors gesteek
maar Hy't nie wie Hom moor, gewreek
maar laat elk' lootjie aan Hom, wortelskiet

Verlossing was gevleg, in 'n Doringkroon
'n Heiland was vir dit gebore
Hy't gered die vasgevang en verlore
en met die ewige lewe beloon

Geen goud kan daardie Doringkroon betaam
Koning van konings, heers te midde van u vyande
met spieswond in regtersy, en spykerhande
bekroon met doringkroon vir mensdom se blaam

Laat elk' asem wat respireer
die Here van die Doringkroon ophef
want vandag het 'k besef
Jesus Christus is my Heer...

Dommel oor gevlekte aronskelk

Dit was 'n onweer oggendstond, soewe goor-vaal
Toe ek oppad was, om die koei te gaan melk
toe skrikwekkend, hier die eregas, soos 'n gerubyn
neerdaal
en 'k gehurk lonk, hoe beuelpronk gevlekte aronskelk
tussen die geklots van rotse, en 'n vliet wat
bolmakiesie slaan
gewaad in dou, soeffe opsmukking, onder die flonker
van die maan

Elk' dag laat 'k die stommerike, hier kom wei en water
drink
en soms my ontbyt kom eet, langs die welvarende-
rivier
weg van die rumoer, en gesellig, vir my 'n glassie
brandewyn skink
maar het nog nooit hierdie aronskelk, haar prag lonk
swier
en 'k wou haar maai, vir my versengde en vakant
pokaal
maar sy pronk soewe opgetooi, wyl die verguld son
ook oor haar hel-straal

Hoe kan sulke heem'lse beeldskoonheid, soeffe gou
verflens?
en geen mens weet van die hemelse skoonheid wat
onbemerk sterf
want as 'n hofdigter poëties hiervan swets, klink hy
kranksinnig en kens

dan wou 'k nie my passie vir saraniese-Moeder Natuur
bederf
en wyl 'k swygend bly, en na die bries luister
kan 'k die deeglike boodskap hoor, wat aronskelk met
deuglikheid fluister

Die bries het haar 'n neurie, hoor heuglik sing
dat na elk' duister nag's 'n helder nuwe dag
en al moet mens net aan haar God, Dank en Eer bring
dan kan mens altyd iets goeds van haar Skepper
verwag
en wyl sy fladder en luimig dans soos 'n vlinder
preng 'k stillend, vir haar 'n verrukkende waterlander

Elk' môrestond as 'k wakker skrik, alleen,
in my uitgespalkte bed
en weg van die drome van die nag, t'rug aarde toe
dool
fluister 'k soos aronskelk, eers 'n dankseggings gebed
en buig my hart tot Eer na haar God se Heil'ge
Voetsool
dan bestee God aan my Sy Barmhartigheid wat soos
troueliefde nimmer verwelk
en 'k sing, 'Hoe Groot's U?' saam met die beeldskone
gevlekte aronskelk...

Onsigbare trane

Hy was in die begin van sy lewe
net vier somers, agter sy kleuter-hart
hoe kon 'n aardse-gerubyn soewe jonk sterwe?
en hoe skei 'n mens die traan en graf apart?
       Kindermoord, vernietig die toekoms...

'n Pouper seuntjie in wee
met geen moeder of dinastie
hy't nie eens kans gehad, om te skree
nie eens geweet wat gebeur nie
       Kindermoord, vernietig die toekoms...

Hy't gedroom om 'n loods te word
al was daar geen duit, om van te leef
bedel op straat, en voor sy bors hang 'n bord
'mag die Here my vir my foltering vergeef'
       Kindermoord, vernietig die toekoms...

Toe die newelagtige nimbus
'n kroon wat stortreën word, oor sy hoof
en niemand kan vure van sy melankolie blus
en hy word van sy drome beroof
       Kindermoord, vernietig die toekoms...

Die pedofiel het sy deur oopgemaak
en die sjofel seuntjie verwelkom
en die het hom met sy kou hart diep aangeraak
en die seuntjie het daardie nag geskrei en was stom
       Kindermoord, vernietig die toekoms...

Hy't homself weggesteek, onder die bebloede kombers
toe die pedofiel, hom brutaal wil moor
en toe blaas die Here, dood sy gloed van sy kers
en dis hoe 'n jong seuntjie sy jong lewe verloor
   Kindermoord, vernietig die toekoms...

As 'n ent sterwe is 'n ouer 'n weemoedige wrak
en niks kan daardie hartseer ooit wegneem
hy was een van die slagoffers van die 'Stasie Maniak'
en is nou van hierdie wêreld ewig vervreem
   Kindermoord, vernietig die toekoms...

Kleine Alroy was 'n mede skolier van 'n hofdigter
en die hofdigter was behoed met die Here se Hand
maar 'k skryf die foltering, asof dit was soeffe helder soos gister
en daardie slagoffers se kers se gloed, bly ewig in ons harte brand...
   Kindermoord, vernietig die toekoms...

Deur die modderslyk skans

'K luister na die geskal
en peins, wat het soeffe geringskattend geval?
wyl 'k hinkepink in molm-skans
hyg en sug, na die Here van my siel, vir nog 'n tweede
kans

O Heer, my hart's kuis
vergete nie, hoekom het U gesterf, aan die ou-Ruwe-
Kruis?
laat my skuil onder U Belommer?
want my hart's oorbluf en 'n kwyn weg van kommer

Waar's die dae toe U?
die gebede van my teenstanders verag en verafsku
en waar's U Heil'ge Gees?
om my gebroke hart en flenter gemoed, van
verdrukking, te genees

Die stortreën en mistral vlaag
die verdrukking en lyding van die goddelose, reik tot
by my kraag
diep's 'k in my ellende
omring deur tienduisende wat nie U Naam aanroep, 'n
onheil bende

'k Vertrou net die Here
al word 'k bedreig en aanval en neuk hulle my hart vol
sere
want U Naam's 'n Toevlug

en my uitkoms vanaf wee, na hem'le, my Rots en
Saligmaker-Brug...

'K luister na die geskal
en peins, wat het soeffe geringskattend geval?
wyl 'k hinkepink in molm-skans
dog 'k was my hart, maar dit was my teenstanders, 'k
is ontferm met nog 'n kans.

Soewe witjie soos lelie

Soewe witjie soos lelie van die veld
wat deur miese weer!
se beproewing floreer!
maar nimmer, verword sy hart ontsteld

jy kan hom maar met siepoog lonk
hy's nooit behep!
of verdor en verlep!
want hy sal ewig na die hemelgewelf pronk

ai, lelie, al word jy benoud deur son se smeulvuur
sal eng'le 'n waterlander, oor jou sproei!
en jy sal in deuglikheid pragtig gloei!
en nog sal elk' poëet na jou prag tuur

want nie eens Salomo in al sy prag
het beeldskoonheid gehad soos jy!
jou sneeuwit glunder sal altyd my sy!
en jy's altyd optimisties in jou trag

g'n kaalvoet sal trappel, op jou nek
want jou grond is ewig veen!
jy fladder, soos witjie nimmer alleen
en elk' wig-reëndruppel, bly albei jou witwang'tjies lek

jy swier jou praal, op jou veerwolk-seffiet
jy's darem soeffe 'n heilblom!
as al die hemelwesens, om jou drom!
en oor hulle lelie van die dale tranedal uitgiet
'k neem jou saam na my droom

om jou daar vir my pokaal te maai!
jy verruk my soeffe vroom fraai
want om jou groei Hoop van my Ewige Lewe-Boom...

Walvisbaai se gasvryheid

'K het op vlot gevaar, met my kaag
'n kaag wat 'k by my Oom Pieter erf
toe hierdie katunker my wou behaag
en voor my roeispan swem, om te sterf
maar my kaag het skigtig, verby elk' skepeling geseil
en dis toe wat 'k soeffe peins, om katunker se trag, te peil
'k het my haringmaat, met optimistiese-gulsigheid gegryp.

Dat 'k vanaand aan kitsery en Skotse-whisky, gaan ontspan
en soos skoea, het 'k maar gefladder en luimig gedans, na sy broek se pyp
want met 'n bulsak van katunker by Walvisbaai, sal 'k kan
soeffe ver van die esplanade, jakker mens soos 'n mier
en hier kom my aandete, sy ners vir by brog, en swier.

As 'n Nereide hierdie jolige katunker, vir my brog
dan moet 'k met heuglikheid, my barcarolle sing
en by skemer kan 'k beskonke, met my katunker spog
en nie meer skigtig seil, verby elk' spoggerige skepeling
want my gaffel's versengd en skroeiwarm, van Phoibos se smeulvuur
en 'k? hier sit 'k hoog en droog, koester al vier en 'n halfuur.

12

Benede die gulpende-skuim van die onstuimige see,
se kreek
syfer katunker my, 'n trag van hoop en geloof
dat mens in tranedal saai, en in gejuig die vrugte
daarvan kweek
en dan kan geen duiwel jou van jou deuglike vreugde,
beroof
onwetend was 'k, wat die tentoonstelling vir pouper-
hofdigter my, beteken
dat met daad en geloof? Welgeluksalig is die man, wie
se sonde, God nie opreken.

Ja, 'k is gewaad in suitor, met halfbottel brandewyn in
die baadjiesak
as jy sonder sonde is? Gooi dan die eerste klip na
my...
en hierdie katunker is soeffe oorlams, hy verander
amper my kaag, in 'n wrak
toe'k teen die seewering, soos 'n vliet klots, maar 'k
gly net-net verby
toe haas 'k ontrief, en ondeund, na die oewer, sonder
katonkel
en gaan koop my maar 'n makriel, by die naaste
viswinkel...

Soms as 'k eensaam in weemoed, treur en knies
dat die onregverdige lewe, net regverdigheid van my
verlang
en my sonskyn oggendstond, begin sommer in
benewelde onweer, soewe vies
dan min 'k daai dag, toe 'k amper my katunker vang

en 'k vlot vaar met optimisme, weer in my tjorrie van
'n kaag
en die dinge van die wêreld, word vir my duister en
vaag...

Gladiolus

'K wandel deur 'n gladiool gaarde
wat gaarne, na my wil luister
hul gaf hul ore, na my gefluister
hoe 'k neurie, en omploeë, die versengende aarde

'k ploeg met my opgeruimde houweel,
om beeldskoon-gladiool, wat fladder en juig
en wyl 'k soos Beethoven in 'n Fidelio-opera buffa,
neerbuig
lonk 'k verheuglik, na hierdie pittoresk toneel

'k voel soeffe aria, om die diva-gladiool
wat met haar strykstok-blare, luimig dans
en 'k koester, soos haar liefhebber, met net een kans
hoe sy my vermaak in die bries, met haar Stradivarius-
viool

die siaan-asuur het haar gerubyn-glimlag betaam
en hofdigter kannie maar net lughartig wees
dat soeffe 'n vrolike-gas, my gemoed kan genees
want 'k voel dat elk' delik van my trag's my blaam

dis toe wat 'k my gladiolus wil stou
en wil maai, vir my portret, in 'n pokaal
en 'k gluur hoe verguld son se glunder, op haar
neerdaal
en al wat 'n duiwelse leuenaars begin na my snou

daar's een ding wat in die lewe werklik saakmaak
is hoe jy van jou peins, en wat jy gaan doet
want gesteelde soentjies van 'n minnares smaak
stroopsoet
maar dis wanneer jy jou menswaardigheid versaak

en as die asuur beneweld 's met goor nimbus
sal 'k net onthou, dat die son skyn daarbo
en 'k sal goeie moed hou, en standvastig glo
dat daar's 'n here om in te glo, soos gladiolus...

In jou lonk

As jou lonk met my koos
dan kan 'k maar net bloos
want 'k gaf jou my hart alleen
en dit kryt na jou in die reën

deur die kuns van jou magie
moet 'k jou eau de cologne vlagie
want dis soos attar van 'n roos
as jou lonk met my koos

jou saffierblou oe 's wat 'k soewe min
en my heuning's joune s'n
jy's my mee, en my roos
ek's beskonke, as jou lonk met my koos

jy's hengstig, dit kan 'k peil
want jy vry na my, soeffe geil
liefde sal herbloei, waar rose verlep en voos
want jou lonk moet met my, ewig koos...

'n Leë traan

Jy ween in die vlaag wind
soos 'n pouper en sjofel kind
die dag toe jy weg van my afgaan
en laat my met 'n lee traan
  'k min jou meer, as wat 'k kan sê of doet

in my flenter hart's daar 'n voetafdruk
hoe kon kou eensaamheid, my hart verruk?
want met jou wig-glunder, sou ek altyd kan
maar jy en mamma verlaat my, 'n gebroke man
  'k min jou meer, as wat 'k kan sê of doet

toe'k nog beskonke deur die windskerm tuur
en roekeloos ry en dronk bestuur
het mamma, jou sussie verwag en gekerm
totdat jy vlaag, deur die windskerm
  'k min jou meer, as wat 'k sê of doet

'k wens 'k kon die riem plat trap
maar nou bengel my hart se arms pap
en met net een konjak meer, soewe soet
het jy, mamma, ongebore baba, met julle lewe geboet
  'k min jou nou meer, as wat 'k sê of doet...

Jy't nie 'n wille nie

Soos die bries deur die wikke waai
kom vlaag Sannie in die kroeg, baie kwaai
en wyl Jan se wêreld rondomtalie draai
tuur 'k effens, hoe die appels waai

'k wille nog vir Jan beskonke verwittig
maar toe swaai die smak, deur sy gesig
en Sannie sit toe af sy lig
en 'k yl toe ewe daaruit, baie haastig

maar om die draai, pronk 'k ewe fiks
en swets, "wie 'k?...'k skrik vir niks!"
en 'k hou my kiertsregop, soos 'n oniks
toe kom my Hester en gaf my, onverwags 'n wiks

My wimpers was twee dae opgeswel
en 'k kannie eens vir ou-Jan bel
en vir hom van my foltering te vertel
maar 'k wille nie, om my Hester te ontstel...

Maar miskien het Sannie hom al gemoor
en hy't vir vier dae sy bewussyn verloor
bly soewe ver weg van die kroeg, en soek nie skoor
maar dis in by die een oor, uit by die ander oor...

Waar jou hart sal altyd bly

Uitgespalk op die bulsak,
onder die taksisboom, se loof
peins jy in 'n wrak
wie't jou van jou hart beroof?

jy's dan 'n gerubyne sjiek
wat altyd by die oewer droom
in jou hart brand my kers se wiek
'n gloed-wyl jy tuur na rivier se stroom

jy's nie skytbang vir die woud se perikel
veral as die rivier se vliet gulp en klots
jy's 'n kluisenaar, as die lewe se storms jou kwel
dan sit en knies jy, op die rots

'k lonk jou, in jou tranedal
wat jy soeffe in giggels, gaf
het jou minnaar, jou hart laat val?
en jou liefde vertrap, soos 'n modderslyk graf

jou hart hebbe 'k flenters opgetel
en dit met my laaste glunder getroos
net die Here se troueliefde't jou hart verstel
En nou pluk 'k jou 'n verguld geel roos

'k hebbe dit by die rivier gelos
as jy weer, jou hart daar kom haal
want jou hart's opgeruimd en opgedos
dis net hel-liefde, wat daaruit straal
dis 'n dekade, al verby

die roos het verdor en voos verlep
daar waar jou hart sal altyd bly
het 'k aan jou herinnering, moed geskep...

Stuur my 'n poskaart

Stuur my 'n poskaart, van Grahamstad
laat weet my, hoe dit daar gaan
want saans, as 'k koetser in 'n borrelbad
wonder 'k, of jy nog bestaan

ja, die menner skreeu, nog steeds vir skoort
dou voor dag in die spade
asof al mens se ysere, aan hom behoort
dan kafoefel 'k nog, langs die gekir van my gade

het jy die telegram ontvang?
wat 'k nog beskonke na jou skryf
want my hart hebbe jou soeffe verlang
want my buurvrou het aangehou kyf

stuur 'n poskaart met 'n soentjie daarop
en spruit jou attar van parfuum daaroor
want as die eend kwiek, staan jou rooi-tulp, skerts
'regop
want ons verlang na jou skaterlag, wat ons opgeruimd
bekoor

en Madel hebbe die knoop deurgehaak
saam met Riaan, Herman se kleinseun, van Oukiep
maar 'k hoor, die het amper met haar suster geskaak
stille waters diepe grond onder dwaal die duiwel rond,
baie diep...

Noute ja, my boertee raak koud
Met my kroissant, tuisgebak, langs die kaggel
Hier kom aai my ou-wyf my, op die boud
En 'k tuur hoe die skepelinge, oor die see wiegel-
waggel

En die see klots sy onstuimige, halsoorkop branders
Teen 'n rots, wat daar soos seeg staan
En hy klots elk' gulpende brander flenters
Wyl die skepelinge heen en weer van Kaapse-
Skiereiland weggaan...

Karkiet

'K vertoef vir my gade een oggendstond
noute dool my leepoog, blindend rond
want 'k hoor hierdie suutjies se gekweel
en hoe dit onversaagd, my hartjie steel
op 'n biesie wat ritsel, onder 'n wilgerboom
omring met karmosynbos, sing karkiet, soos 'n droom.

Soos die verguld-son sy glunder in smeulvuur swier
roep luimige-karkiet, met sy liedjie, "Kom hier!"
en hy pluis sy fluweel-pluim, soos gerubyn, opgetooi
om my te verheug, wyl hy my lieftallig uitnooi
en 'k gluur soeffe opgeruimd, na die Drakensberge
waar son skrede
en peins, dis mos wat mens verruk, 'n môrestond van
Here se vrede.

Soms kan mens nie swenk vir foltering- en weemoed
wille verdoof die wiek, van mens se hel-gloed
dan moet mens nie hingel, om jou hart uit te giet
jy't die wille, om here te vertrou, soos jolige karkiet
soewe sing jou liedjies, boen Sy Heil'ge Naam
Dan sal jou versoeke, Sy hart heuglike betaam

Met karkiet se veerkrag-gemoed, kan 'k nie fnuik
want met soeffe 'n deuglike-liedjie's my hart ewig-puik
en 'k besef dat karkiet vir geen foltering-duiwel sal
swyg
hy kweel sy liedjie, al moet hy deur 'n duister en
stortbui hyg
en waar hy my verheug? toe hy my 'n waterlander laat
giet
wees net dankbaar elk' dag, want God se genade is
splinternuut, verniet...

My pikkewyntjie

Soen my seblief my pikkewyntjie?
'n pikkie op elk' wang
'k bemin dit as my polfyntjie
jy't my hart vasgevang
poets my wangetjies rooi
soos 'n aarbei soet
dit pluis my glunder opgetooi
'n soentjie? ja jy moet!...

'n soentjie as my gasie
lak elk' gatjie toe
my fors en my koerasie
hoe soet jou soentjies proe
mog dit my hart versier
met een soentjie by
as jy jou lippe por en swier
behoort daai soen aan my...

Somer bries

O somer bries, luimig en stil
wuif deur my geel rosekrans
die kou winterwind, soeffe kil
laat mens net ritsel en dans

jy pink my waterlander
wat 'k skittermooi, vir jou pleng
en brog die attar van koljander
om my genot te verleng

die vlinder fladder in jou gesuis
elk' roos knieknik vir jou
by jou veste's somer tuis
onder die asuur wyd en ylblou

sweef deur my rooie moestas
wat vir jou glimlag en blos
spalk maar op dit, jou matras
pluis dit adret en opgedos

mog jy pais en vree het
oral waar jy swye gaan
swenk vir geen vangnet
wat jou verhinder, in jou heengaan

jy's 'n enkele swerfling
wuif seewaarts, na die wye see
en groet elk' skepeling
gaf hul die somer, wat jy my gee...

My tresoor in 'n ster

Ek't gepeins waar was jy gister
toe skryf 'k jou 'n vesper
want as my Venus in haar pompeusheid staan
dan moet 'k gunterse met haar gaan.

Dit was 'n soiree vir ons alleen
maar was beneweld, deur nimbus en haar stortreën
as jy soeffe glinster, in die rivier se vliet
dan moet 'k hartliefde, oor jou uitgiet.

O My sterretjie, jy's soewe vief en fyn
'k skrei, as jy benede die goor-wolke verdwyn
want jy viets my hart, met jou praal
as jou wink skitterend, na my neerdaal.

Buie jou neer, na jou vereerder
laat liefde in ons duistere-aand, vermeerder
gaf my 'n soentjie, op die wang
dat sal 'k jou wens, in my drome vang.

Jy's my skatlam, my lief...
tinkel my sterretjie, seblief?
want dis jou tintel, wat my bekoor
voor ons hierdie kille Hemelstraat-aandjie verloor.

Swets aan Môrester, hoe jy my hart snit
dat dit jou liefde betaam, en ons berge versit
ganser Phoebe, wille ook in ons herfsaandjie deel
en wou jou rooie roos, van my pokaal steel.
Dis toe wat 'k hoor, die gegons van nagtegaal

hoe die op my rooskrans se rooskolf neerdaal
om van my, 'n minnebriefie, aan jou te brog
want 'n fantas min dit, om met gy pittoresk, te spog

As Phoibos met sy smeulvuur pronk
en behou die oggendstond in dou, wig en jonk
dan sal 'k peins aan my Venus soeffe ver
jy 's was nog altyd, my trensoor in 'n ster...

My blom-ertjie

My blom-ertjie wig en blond
gluur my met ogies ovaal rond
'n glimlag wat geen tranedal ken
twee tandjies wit, wat my hartjie wen

soos 'n wilgerboom laning opgedos
lei jy jou pappa, om die bos
vir 'n piksoentjie en drukkie ook
met warm liefde wat my hartjie laat kook

'k wens 'k was 'n wig soos jy
en gaf my glimlag met melk daarby
met jou opgeruimdheid, bly jy pappa vermaak
wyl jy hemelhoog sweef en op my skouer braak

die toekoms bly jonk elk' dag
jy hou my wakker elk' duister nag
maar net een ding wat pappa soeffe waardeur
as jy glunder met traantjies, en pappa se gemoed
opbeur...

Gemaagde van vandag

Jy's beeldskoon onaangeraak, 'n katoog
maak gebruik van hierdie mollige kans
oor jou blaarskede, glinster 'n reënboog
doet in die duisternag, die nuwe dans

die hunning drup van vettigheid van jou dy
 selfs eng'le lonk jou beeldskoonheid perfek
maar as jy ' n nimf van mans wille bly
dan moet jy vir 'n vly'ry vrek

môre het geen waarborg vir jou lewe
al was jy teen liefde onversaagd
jy was deur Adonis-mans charismaties omgewe
Maar verkies eerder om te sterf gemaagd

laat die wurm jou blaarskede opvreet
of laat mensdom van mans daaroor juig
maak oop jou poorte, laat jou minnaar weet
vanaand sal jou hart kir en na liefde buig

gaf jou gemaagdheid, vir jou minnaar
raak ontslae van sy begeerte van soeffe soet
laat libido vloei deur jou vroulike aar
o Gemaagde, jy moet dit doet...

Antieke gedig

Onthou jy, toe ons nog met bellettrie spog?
en jy my skape, uit 'n sjofel-alfabet
toe jy jou hart se begeertes, aan my brog
en my van plagiaat se lonk, belet
jy't jou tranedal soeffe versengd geskryf
en my met leepoog, in kneusing getuur
waar my veerkrag jou hart omgewe, en is verblyf
en om jou lewe, bou ek my gedigte-muur

jy kram my aan kale hand met bladsy en pen
en peins in weemoed, benede visier van massiewe
wilgerboom
en beveg die pouperstryd, dat jy sal triomfeer en wen
dat 'k moet bestempel, die kuns van jou droom
deur vlinders, bye, kiewiets, affodille wat fladder en
kweel
 fatsoen my idillies, soos dit hart van jou betaam
dis net waterlanders en skaterlaggies wat ons deuglik
eensaam deel
praal aan jou profesie, hoe beeld 'k om jou hart 'n
verguld raam

moet my nimmer vergete!
noute wat jy almal bekoor
onthou hoe jy my gemin hebbe, deur kil-mistral en
stortreën
saam hebbe ons geen weemoedige stryd, teen euwels
verloor
al laat jy my in 'n kou-boek, stoksiel alleen
kom gluur noute en dan, soos jy my beminlik lees

of daar nog iets is, wat my waarheidsliefde jou kan
leer
'k verwyl by passie, daarin jou kern van jou hofdigter-
hart, in gees
al maak die verdriet van foltering jou hartdroewig en
seer

deur onweer se beneweldheid, verby die beslykte
grafkuil
hebbe ons saam deur gruwel van satan gepronk, en
lewe betree
al hebbe die ons afgeknou, en ons aan vadie skrei en
huil
was gedigte nog altyd 'n plek van pais en vree
onthou my, as jy gruis en oud is, met kierie hink'pink
dan sal 'k jou pees gaf, wat jou deur jou gekneuw'l
karwei
want toe jy my spelfoute remedieer en opgetooi pink
dis toe wat jou glunder jou geagte gedig s'n bly...

Veldroos

Skarlakenrooi roos pronk in dou gepruik
vir beeldskoon nimfe, om haar attar te ruik
en hier kom 'k en swets, 'k min 'n affodil
en roos gril,... ja die bries verword kil

'k swier affodil in prag soeffe verguld
en beproef onbewus, roos se geduld
maar my affodil se loof verdor en verlep
en toe moet 'k by roos goeie moed skep

maar roos hebbe my pluimpie verhoed
en laat my verword in my fnuik van weemoed
en 'k was beminlik, op roos se pittoresk vertoning
maar sy beny my en my verrukking was haar doring.

'K, ellendige mens!

'K word verwurg deur ellende
en my hart in weemoed vasgevang
'k pluk net vrugte van wrang
die dood en skimmeryk word my vriende.

Helaas! Helaas! Wee 's ek
vervloek is my geboorte dag en uur
om net hierdie melankolie se foltering te verduur
was 'k maar inviteer, in by doderyk se gulsige bek.

Vervloek is die dokter wat my gevang het
mag hy my maar ver van die broeikas hou
om eerste dag te sterf in die lente se kou
Hy kon hom welgeluksalig teen my oorlewing verset.

Die Here het my van Sy goedheid beskans
'n verderfling gemaak, om in kniesing te verword
omgewe met foltering, en met verdrukking omgord
'n lyding van vernedering en smaad, met geen tweede
kans.

'K wentel in die stof, ritselend en skrei
Hy't my oorgegee aan die boosheid, om my te verslind
ek's sjofel gewaad, 'n pouper en hawelose kind
wyl Hy Hom in my droewigheid vermy.

Hy't my vertroue in Hom, van die hand gewys
my geloof is 'n vertoning, waar Hy wraak neem
ek's 'n ent en word van Sy skepping vervreem
die ellende gebruik my, as 'n smullekker spys.

Geloof sy die Here, wat my smeekgebede verhoor
die God van Abraham, Jakob, Isak
Sy toorn hebbe, net 'n kort tydjie op my toegesak
maar my Liefde vir Hom, hebbe Hom ewige verheug
en bekoor...

Laat dit my deug, om Sy wil te doet
en Hom in Sy Lofwaardigheid en Heerlikheid te
aanskou
in die holte van Sy hand, hebbe Hy my in die lewe
gehou
ek drink Sy Kosbare, Kosbare Lam Bloed, dit proe
soeffe stroopsoet...

Jou hart 'n liedjie

Jou hart wat eenvoud glinster
en na my glunder staar
neurie 'n serenade wat verguld glinster
hoe my liefde sypel in jou aar

die roos knieknik eenvoud met haar dorings
want haar prag omgewe, teen my maai
die gejuig van jolige gars en koring
swier hoe liefde, om jou rondomtalie draai

jou hart se charismatiese liedjie
spog jou glimlag- dis ongehoord
'n waterlander pleng 'k, vir jou my polfyntjie
my bowle van jou skoonheid, gulp oorboord

maar wat my leepoog nie gewaar
dis jou tranedal, en hart van weemoed
wyl 'k na jou glunder staar
behoed jou serenade dit goed...

'k wens die nag kan haar sterre
gaf, een vir jou, een vir my
maar moet nie jou hart in haar duister bêre
laat jou hart se opgeruimde liedjie liewer by my bly.

Omgewe met Sy bries

'K hebbe gewuif soos 'n kilte wind
onbehuis soos 'n pouper en sjofel kind
oor dorre vlakte, en verlate dale, alleen
skrei onbesiens, oor ru-gebergtes en ween

'k hebbe geswewe deur 'n rosekrans
en wou hul verwittig van my bestaan
luimig soos 'n bries, hebbe 'k hul laat fladder
maar hul dorings hebbe my genyp, soos 'n adder

'k hebbe gewaai deur leeu se fluweelagtige mane
wyl hy weelderige-en-knussig knuffel, pleng 'k duisend
trane
maar hy't na my gebrul en met sy slagtande gesnou
en my uitgewoel, soos witklawersaad, in die winter
kou

'k hebbe gevleuelslag, benede arend se pluim-wiek
maar hy't my verwerp, met sy kou-klou, en geskraap
kritiek
en met sy tuit hebbe hy my gulsig geprikkel
dat 'k eensaam met 'n eensame-veerwolk, hink'pink
sukkel

'k hebbe gehyg, op 'n dor versengende rots
wyl die branders teen sy huisie flenters klots
maar deur stormwind en stortreën, hebbe Die
vasgestaan
en my inviteer, om in Sy Huis, tuis te gaan

benede witgevlerkte eng'le, se verguld-gevederte,
hebbe 'k gesweef
'n droom wat geen verlepte-roos, honger-leeu,
beslykte-arend ooit beleef
en Hy't heuglik benoem, "My kosbare, kosbare ewige-
kind,
in My Heil'ge Gees, sal jy nimmer dool gelaak, soos 'n
warrelwind..."

Lamsboud en rosé

'K pleng die kelkies vol
wyl ons in mekaar se ogies tuur
beide's verwyfd en verdold
wyl son sy glunder, laat vaag in die skemeruur

daar's lamsboud in die vlamkas
wat koester in marinade, blatjang, uie
'k hebbe daaroor geaai met 'n bloedblom
soos 'k nou aai, oor jou serafiese-dye

'k gryp my kitaar, en tjing'l jou 'n liedjie
wyl ons oor die gebergte van Tafelberg lonk
gooi 'n soentjie? met liefde, net 'n bietjie...
soeffe luuksueuse, soos witlelies in die velde pronk

lambsboud en liefde's op die spys
en rose' is die kombinasie, na jou poorte
oopsplak met wulpsheid, in jou hart se kluis
net vanaand sal jou glimlag, aan my behoort

na elk' kelkie, begin jy op die tafel dans
ons knyp die kat in die donker
soos sirenesang van 'n ylings' ambulans
bly die rose' in die kristal-kelkies flonker

met lamsboud het ons 'n aandjie gesteel
op my hart se tafel, skryf 'k die minnebrief
as 'k eensaam oor die boord van die kelkie streel
Bepeins 'k aan jou glimlag, my lief...

'K verlang altyd na…

'k verlang altyd na jou fluweel gebak'ry
want die fles swier dor en leeg
daar was alewig 'n gebruis en baklei'ry
dan slurp 'k aan my kraffie, net een teug
maar jy't my verruk en altyd verheug! met
die kookkuns wat jy in jou robuus hart het

'k verlang altyd na jou uitstallings van biskwie
en hertsogies wat dons'rig, soos palm lanings ruis
jy bly altyd swets, dis net liefde en kie
wat 'n man se hart lei, t'rug na die huis
dan praat jy van jou eiegebroude bier
wat sy gisting en verguld flonker swier

'k verlang na jou, steeds vandag
al hebbe jy met my beste vriend geskaak
dalk soek liefde om homself te verruk, in sy trag
en laat 'n yskou hart dooi, as sy gloeihitte die siel
aanraak
al verlang 'k na jou soos, reën die dorre woestyn
sal jou liefde moet eendag, soos mis uit my hart
verdwyn…

Die hart's enkel vegter

Wie kan die dieptes van die hart peil?
of sy liefde skend met 'n keep
is daar nog plek vir euwel se onheil?
wat die siel looi met 'n sweep

die hart's 'n enkel vegter
dis liefde, wat hom laat als oorkom
al gaan dinge hoe sleg en slegter
gloei die hart verguld soos 'n gousblom

maar soos die traan diep vore daarin trek
en 'n saadjie van weemoed humied
sal die traan lank skeure soos die Nyl strek
net om teen veerkrag weerstand te bied

soewe skrei die tranedal na jou
want vir liefde verword 'k slegter
as 'n blinde mens op blinde liefde vertrou
dan's die hart 'n robuus enkel vegter...

Net vir jou glimlag

Die ryke peins,
hy kan met rykdom 'n plek in die hem'le koop
hy's soeffe geveins
hy dink daar's 'n duit om te betaal, vir hoop

maar jy verryk
my armoedige hart met jou roserige glimlag
dit sal nooit wyk
as jy my dit gaf met al jou hart se krag

deel dit seblief?
met 'n klapsoentjie op my naakte wang
wraggies, my lief
dis 'n oomblik wat 'k met waardering ewig ontvang.

Eens was jy...

Eens was jy my goue gousblom
wat deur die stormwind se vlaag floreer
jy't my hart soos 'n gaarde laat blyk
maar nou's dit 'n dor veld, soeffe seer

as die roos my nyp
sal 'k nog sy roosknop min
want sy prag vergaan soeffe gou
maar my hart se liefde sal nooit verdun

jy was maar 'n skerp doring
om my hart soos 'n suf te laat
want na jou leuens se bekoring
het liefde se vertroue niks gebaat

soeffe soet soos die leuen proe
waar mens dit soos heuning afsluk
is sy na-smaak soos 'n adder se venyning
maar dis waar jou leuen my verruk...

eens was jy my verguld gousblom
wat deur die stormwind se vlaag floreer
maar noute is jy 'n weduwee van jou man
met wie jy geskaak het, skrei in hartseer...

As jy brood bak

Nog 'n toebroodjie, my lief
van jou rosyntjiebrood, varsgebak
en 'n smeerkaas, seblief
want 'k hebbe geen duit in my sak

by jou oond is daar tuiste
want jou brood word deur almal gemin
as jy deeg knie met daai kale vuiste
weet 'k jou liefde's myne s'n...

as jy brood bak, en sop
vir die koue winteraand maak
al wat dool in my kop
is jou liefde wat my aanraak...

Hou die hart aangeklam

Pleng nog 'n kelkie kêrels!...
hou tot by boord, die glas
as dit vonkel, is dit my polfyntjie
laat die my hart se tranedal wegwas

vergete van daai ou weemoed
wat my hartjie net wil laat knies
'n sjerrie vir my gestalte
laat 'k slinger in die bries

ons wals twee rye spore
arms gevleg in mekaar, hand om die nek
sing liedjies van ons jeug jare
wyl ons gade woedend wag by die hek

geen waterlander gaan my laat skrei
nog koeldrank kan my dors laaf
rondomtalie draai ons met die wêreld
god gaf ons die genot, soeffe gaaf

bietjie wyn's goed vir die maag
dit hou die hartjie, aangeklam
sing 'n Loflied, geolie en beskonke
om voor Hom te kniel, lendelam

Toe ons nog vriende was

Soeffe siltig soos kabeljou
was ons gesellig met mekaar
die dag toe'k Brumilda vra, om te trou
toe jy na my met leepoog staar

daar benede die moerbeiboom
vang jy my, vir Brumilda soen
vang jy my, gaps jou droom
en toe tuur jy my, soos Jan Pampoen

julle was soeffe verknog
maar sy't na my heimlik gevry
as 'k die tyd kan t'rug brog
sal jy nog my vriend bly?

'k peins noute soeffe grou
in die vlaag van die kou wind
as jy weet sy was nie getrou
want haar oudste seun is jou kind

Toe'k wig was

Met piekel en gebakte vis
as 'k met pappa pierewaai
niewers sal hy anders wees
as om te maak 'n Kaapse draai

as dit kieza in die wye Kaap
swets ons dis, 'reënbui van seëning'
Tafelberg knus benede 'n nimbus-kombers
wyl hy strak kyk, na elk' skepeling

tameletjies hebbe ons gemaak
met mamma se laaste visolie
en elk' vriend wat 'k kenne, in die huis geborg
dan maak rol ons binne wielewalie, rondomtalie

maar dit het my nimmer gemits
noute wat ek volwasse's, met jou
'k wille nog van jou weg haas
maar toe moet 'k klaar met jou trou

toe 'k wig was, 'n leeuwelp
en jou van groot-Fanie se gekarnuffelry red
hebbe jy net in traantjies geglimlag
toe'k met 'n blou-oog gaan lê, op my bed...

Net een roos

Die doring priem my hand
van die roos wat 'k pluk vir jou
die snerp voel soos 'n slagtand
wyl 'k die roos styf vashou

naarstig hebbe 'k gehyg
met die rooi roos, na jou
oef! as dit nie grotesk's nie, sal 'k swyg
benede die asuur soeffe ylblou

liefde's te blind en sterk
as 'k brog die roos na jou
op my glunder kan jy merk
jy's my roos in oggendstond dou

dis die laaste roos
nog vele daarna vir jou
want as 'k rossig bloos
min 'k die roos meer dan jou...

Net plek vir jou alleen

As die Phoibos vanaand gaan doedoe
en roos sluit haar roostuin toe
sal 'k my hart vir geen doedie leen
want daar's net plek vir jou alleen

al glinster sterretjies in die rivier se vliet
sal 'k my hart vir geen nimfaal serafien uitgiet
want as jy in kou en kilte wind, wag van stortreën
is my hart 'n warm plek, net vir jou alleen

as die wêreld jou hart uit spu
en jou warmliefde verafsku
sal 'k kiertsregop staan, op een been
want my liefde hebbe net plek vir jou alleen

al gee die aarde my sy diamante en goud
en mensdom skrei in die yslike wêreld soeffe koud
nog het my hart net liefde vir een
want daar's net plek vir jou alleen...

Wees net jouself

Laat jou glimlag my bekoor
laat jou boesem my vermaak
want as 'k moed wille verloor
sal 'k nie jou pragtige glimlag versaak

wees die roos op wie 'k versot is
gaf geen mens jou hart van my
want as 'k jou verskriklik mis
sal jou glimlag by my bly...

Waar was jy?

Gisteraand benede die konifeerboom
wat langs die rivier kiertsregop staan
het 'k gedoekies en gedroom
hoe eng'le die sjofar blaas, langs die maan

'k hebbe aan jou gedog
of jy miskien aan my peins
en of jy my jou hart sal brog
soos 'k t'rug in eensaamheid deins

hoe kon jy vir my lieg
en 'k dit nogal oortuigend, ondersteun
as jy maar net kon bieg
dat jou aandjie weg van my, was 'n leuen

as die leuen die siel aanraak
verword die vertroue soos 'n dor en verlepte roos
en jou goeie sedes hebbe jy versaak
en jy verander van gedaante, soos 'n bengel van die boos

maar 'k wou jou heimlik nog vertel
maar toe waai die woorde weg met die weste wind
as dit jou iewers in die toekoms gaan ontstel
dat Ragel se wig,(jou peetkind) is my kind...

Uit die buik van alfabet

'K was gebore met geen bellettrie of woord
en my geneugte neurie, was ongehoord
dis toe wat my Skepper my in Sy Gees ontwerp
en my woordeskat keep die hart soeffe skerp

as jy my met deuglikheid lees
word 'k 'n vriend van jou gees
en my wysheid voed jou om te tier
as jy lonk, die bellettrie, van my wat swier

elk' gedig het sy bewonderaar
wat hom met leepoog en waterlander staar
maar lê jy my eerder in jou hart se sagste plek
en 'k sal jou liefde met blydskap lek

noute ja, die verguld alfabet
dis maar al wat 'n pouper gedig het
'k wens om gelonk te word deur die blinde
dan word 'k eerder die dowe se beminde

daar's tintel in die gedig wat jou bekoor
elk' gedig karwei aan sy eregas 'n trensoor
as jy my diep in die ylblou oe kyk
sal jy sien hoe waarheidsliefde lyk

dra my saam in jou dommel
as die wêreld jou rondomtalie skommel
sal 'k kiertsregop vir jou staan
en jou laat teen hulle gesmaad staan
want my Skepper het jou gemaak

en Hy sal al jou weemoed wraak
onthou my as jy voor Hom verskyn, jou gedig
as jy lonk na ons Skepper se Aangesig.

Meraai's ons se motjie

Meraai pronk deur die straat soos 'n tierlantyntjie
en gaan brog aan Faan 'n klein polfyntjie
en die hele dorp wonder wat daarin is
maar almal sit die pot mis

sy't 'n gousblom, in die hare
en die katte omgewe haar soos 'n skare
maar Faan het sy deur gesluit
want hy hoor, hier kom Meraai fluit-fluit

hy't nie 'n duit in sy vakante sak
en hier kom Meraai pronk, soos bullebak
sy't hom 'n baie pragtige polfyntjie geborg
en nou kan Faan deur die hele dorp spog

Meraai se maag was mollige en groot
maar wie weet wat was in haar moederskoot?
dis toe wat Faan hoor, hier's jou polfyntjie
'n wig-boer seun, sy eie pikkewyntjie

die nuwe Suid Afrika se roos dorings het Faan genyp
en die en Meraai, het die kat in die donker geknyp
nou spog Meraai so mollig soos 'n tierlantyntjie
en sy gaf aan Faan 'n kleine polfyntjie.

Sal jy…?

Sal jy vir my brog
die lied van 'n goue gousblom
dat 'k met tierlantyntjies spog
as 'n gousblom-gaarde my omgewe, soos eng'le
saamdrom

vergeet nie van jou glimlag
vergeet nie van jou traan
pleng dit oor gousblom, as jy skaterlag
as jy voor my dorre grafsteen staan…

Eensaam soos 'n enkel siel

Eensaam soos 'n enkel siel
sit 'k by 'n vuurtjie wat brand
in die kou winter nag en peins
 wanneer kom jy my hand vat, met jou warm hand

soos die kilte-mistral vlaag
 en soek 'n rustige hoek
ween die windjie oop jou hart
en 'k lees dit soos 'n boek

'k soek jou hart se sagste plek
waar 'k my kop op jou bulsak rus
die skadu's van die duisternis gluur my onderduims
en wag tot 'k my vuurtjie blus

'k wag-en wag, maar die wind fluister
miskien, sal sy jou mộre kom besoek
'k slurp my koppie moerkoffie en sug
haar liefde's vir my 'n vloek

sy't my hart duisend 'n keer gebreek
maar haar liefde, hou my 'n arrestant in boei
'k spu in die vuurtjie, soos 'k van die kilt'ge-windjie
hoes
en verkas, voor haar liefde my vermoei...

'k ontlas eerder op haar hart
want haar liefde's vir my soos mis
en as die walm haar laat frons
het sy vir haar, van my vergis

'n Dag by die see

As daar iets is, om voor te leef?
vra 'n Kapenaar, van weskus-kreef
is daar iets is, om oor te vrek
is dit lamsboud, waar jy jou vingers aflek

dis wonder, as mens nog in God kan glo
en op Hom volkome te kan vertrou
want soos die asuur sweefhang daarbo
smul 'k hier aan kabeljou

maar 'n dag by die see
dis waar die wêreld mekaar kaalvoet ontmoet
'k sal my hart vir Houtbaai gee
a my geloof sy wonder doet

as 'k dors in die groot waters verdrink
dan het my hoop my begewe
laat my lyk, by die kus vrot en stink
miskien sal God my met sy Barmhartigheid omgewe...

Winterkoninkie

Hoe kon soeffe vrolike geselskap?
vrolike liedjie sing wyl opgesluit in 'n hok
en al sweefhang jou se gevederte slap
het jy my met jou se opgeruimdheid aangelok

'k is maar net 'n Kaapse klonkie
wat elk' dag hierlangs verby skool toe gaan
en 'k hoor die se gekweel van winterkoninkie
maar hebbe eers gewonder, waar kom dit vandaan?

want daar's iets in jou se soete tuit
wat my die moed van veerkrag doteer
want 'k en my se boetie het getwis, oor 'n duit
toe trek pappa my se bas se velle af, soeffe seer

'k moet skoon op 'n bulsak lê
want na die loesing's die se bed vir my kristal hard
maar jy hebbe my iets in jou se gekweel gesê
wat my 'n glunder laat gee, in my se tranedal hart

in die begin van duit, dis waar broederskap end
maar dit vat groot koerasie, vir mens om te erken,
hy's verkeerd en al is my se sitvlak bloupers gelooi, en
geskend
sal 'k my se boetie om verskoning vra, al voel hy
geëerd...

ja, ek's maar net 'n Kaapse klonkie
wat my se hulde aan jou jolige se gekweel brog
jy amendeer my versaagd, vrolike winterkoninkie

noute kan 'k met jou se deuglikheid pronkstap en spog....

Apartheid vir die wêreld

Apartheid! Hoekom haat jy God se kreasie?
waaroor was jou veranderinge?
wat was jou spesialisasie?
om die mensdom te verag wat geringe
geag word-om jou mense te vermoor
en hul sin van waarde te verloor

wie't jou die reg gegee?
om mensdom te verdeel
jou trag was vir 'n wese se wee
om hul menslikheid te steel
wat was jou beplanning, vir mense
se lewens? om te stop in doderyk se pense

waar sal jou hart wil wees, apartheid?
om geregtigheid te handhaaf
want jou voorbeelde van mensdom was ondeuglikheid
want jou hart wou nie die dors vir geregtigheid laaf
een probleem wat jy nie wil erken
dat satan jou hart sal wen

Apartheid! wat was jou moeder se naam?
wie het haar liefde betoon?
al wat onheilig is, sal jou ewig betaam
en jou volgelinge, hebbe klaar weg hulle loon
was jou gesig in Suid Afrika se hartseer tranedal
Want God het apartheid grimmig geborg, tot 'n val

Apartheid! Hoekom wil jou familie my vernietig?

Oor my voorkoms God se besluit was
Was jou lewe van verdeeldheid vir ons baie heftig
Elk' volgeling sal moet beantwoord, daar by jou
Saligmaker, oor jou las
Ween en tande kners vir jou, Apartheid en familie
Soos Judas Iskariot het jou haat jou mense verander
in duiweltjies, vir malie...

My hartebreker se elegie

Soos die stilte my hart omgewe
gewaad 'k dit soos 'n aandkleed
my hart ril in die kilte aand, om jou te vergewe
want 'k peins aan jou liefde, was my leed

'k wens jy kon vergaan
verder as die diepe doderyk
want 'k skrei, hoe die mense my teen jou vermaan
die dag toe jy my hart laat knies en val, in die
modderslyk

mag die duiwel jou nie troos
en jou elk' traan laat pleng
want jou ontrouheid vir my hart was boos
nog hebbe jy my ellende, verdriet, foltering verleng

jy verleng dit steeds in jou graf
daar waar die struik, jou grafsteen bedek
mag die Here jou siel verdelg en bestraf
My dooie beminde!... Dankie, my lief, Jy's vrek!...

Die kat word in die donker geknyp

'K vang my se dieb're Grietjie
te vry benede 'n wilgerboom
maar soos 'k koekeloer, sê 'k wag 'n bietjie
miskien's dit 'n misvatting, of 'n droom

liefde moet beheer word-maar hoe
kan mens die vreugdevolle lewe daarvan lewe?
want as die hart eers 'n soentjie proe
moet die my se hart vergewe

want as Grietjie my te wil leed aan doet
Moet sy maar met Daan skaak
want elk' liefdesvertoning, smaak soet
as die hart 'n soentjie aanraak

wie't noute vir my gevertel van liefde?
want my se hart's seer gemaak deur haar leed
as my se hart miserere vir vergeeflik' genade
dan moet 'k van haar se kafoefel verewig vergeet

my se eie-beminde word genyp
toe sy my se liefde wou verander
sy't die kat in die donker geknyp
toe pleng haar se kafoefel 'n waterlander

Daan lyk soos 'n opgeswelde boer met ingelegde houe
my se Grietjie lê stoksiel alleen
al twee was te moor en verlaat in die kilt'ge koue
binne in hul modderige-grafte van stortreën...

Kalla, jou mooi ding

Soeffe vas soos 'n muis in 'n kalbas
was 'k detineer in my foltering en knies
en 'k was in by bepeinsing swaar belas
want dit hebbe geblyk, U was vies.

Ja, 'k was onthuts en volop gekwel
toe U, U Aangesig van my wegdraai
toe U my gesoebat verafsku, dat dit my ontstel
het 'k net gesiet, hoe die appels my kant toe waai.

Was 'k 'n arend, dan hebbe 'k na die hem'le gevlieg
of was 'k leeu dan hebbe 'k my teenstanders verslind
want praat 'k waarheid, word daar gesê 'k lieg
wanneer hulle hoor, ek's God se geliefde kind.

Vrygekoop deur Kosbare, Kosbare Bloed van Die Lam
ja, Hy't die prys van my sonde betaal
en my hart se arms was vasgebind en lam
maar toe hebbe U Gees , soos dou op kalla
neergedaal.

Dit gee my blydskap, om te wandel met U Gees
oral waar U wil, my op paaie van geregtigheid lei
want deur die Wonde van Christus Jesus, is 'k genees
en U Heil'ge Gees behoort ewig aan die hart van my.

Kalla, jou mooi ding in skemerdou
jy sal altyd my lonk se leepoog betaam
soos God my in Sy Regterhand aai en toevou
dool ons rond in Een Lewe saam...

Waar was liefde?

Soos die buffel doodgerus suip
en die gulsige leeu hom bekruip
soeffe hebbe 'k na jou gesluip
sonder dat jy kon wegkruip

'k hebbe jou met soentjies verras
en jy hebbe saam my onderduims verkas
wyl ons te vry by die moeras
hebbe die liefde ons eensaam lewens goed gepas

jammer, dat 'k jou laat weemoedig ween?
en 'n soentjie, vir jou vriendin leen
en dit, wyl jy vertoef in windvlaag en stortreën
laat 'k jou in trane skrei alleen

as 'k kon trane t'rug vat
sal 'k vir God vir jou genade soebat
want jy deurweek jou bulsak sopnat
wyl jy in die donker knyp, jou heimlike kat

waar was liefde daardie aand?
toe hyg jou lewe na hierdie vanaand
jou siel se liefde was baie verwaand
dis jou tranedal polfyntjie, elk' maand

jy moet nooit saam met Faan skaak
en in my gesig 'n leuen braak
al hebbe jy my waarheidsliefde versaak
sal jy nog nie jou ontrouheid staak...

Vrug van liefde

Soentjies, drukkies, tranedal en ween
soeffe doet die liefde, om ons toe te lig
rose, minnebriefies en parfuum
blindend het liefde ons van sy trag verwittig

roosdorings, valentyskaartjies en sjokolade
betaam die romanse van liefde soet
floreer soeffe adret in 'n drommel van gade
pyn 'n galbitter saak, as die hart moet boet

die vrug van liefde begin by liefde
waar genade en medelye, die rol vertolk
omgewe in Barmhartigheid, met God se Magtige dade
daal soos kieza op 'n angelier daarvandaan 'n
veerwolk

blydskap volg daarna met pais en vree
soos 'n wig kintie gespeen by sy moeder
swier die vryheid van liefde en elk' spoggerige tree
want geen luim'ge dans kan daar sonder

vrede bring eng'le nader, met God se ontferming
dat die vleugie hel skitter, deur die duister foltering
van wee
dis waar hemel en aarde ontmoet en liefde besing
hoe Groot die Genade!...wat Seun van die mens ons
gee

lankmoedigheid beproef liefde se volmag
hoe sy oorwinning oor als, met reverdigheid volbring

dit bestee ons hemelse-toegeeflikheid en gesag
dat als wat ontbreek om vir God 'n Loflied te sing...
vriendelikheid floreer met troueliefde se kuns
'n vriend nader as 'n broer, om in nood, op te steun
dis soos skakelings wat 'n ketting omgewe,
om God se guns
waar liefdes liedjies gesing word, met vertroosting, op
die skouer wat jy op leun

oortref met Goedhartigheid se fors, alle nyd van euwel
met liefde vir die naaste, wat vir God aanneemlik is
maar partydige ontferminge is vir God 'n gruwel
dis waar mens die Vriendelikheid van God vergis

getrouheid's liefde se tenger'ge en vergulde skat
dis soos 'n roos in dou, wat fladder benede die asuur
waar 'n kaskade se soetvloei'nde-vliet, klots teen die
dorings, nat
wat die roos omgewe met geloof se vrywaring, wat ook
al ons verduur

waar Sagmoedigheid, die Vrug van Liefde die veerkrag
gulp
en God se Lonk en Aandag van die wêreld afrokkel
dis vir Hom soos Eer van 'n beeldskoon en
fatsoenlike-tulp
waar die sefier se gewuif Hom, 'n Loflied met tulp se
loof, tokkel

self-beheersing is die vryheid in liefde, van keuses wat
ons maak
dit afkamp die goed van die kwaad- maar 'n fnuik

69

besmet of kneus nie liefde se vrug-as ons alle
booshede staak?
Sal ons goedgunstigheid van God geniet, en water
drink uit Sy Ewige Lewe kruik
ons sal ons gerwe dra, soos 'n boom geplant by
waterstrome
waar die voëls van die hemele daarin kom nes skop
laat ons geregtigheid met die Vrug van Liefde brog, dis
eng'le se drome
al wat ons moet doet, tuur net na die firmament op

GALASIËRS 5 V 22, 23

Die Vrug van die Gees,
getrouheid, nederigheid en
selfbeheersing. Teen sulke dinge hebbe die
wet niks nie.

Wie met flikflooi offer

Wie met flikflooi offer, wat Hy beloof
en enigste ent verkwis, vir geloof
al hebbe geglo, die hart bedroef
moet hy verdra die lot, as Hy beproef

Op die kilte-klip sy hoof laat sak
Lê hy in die palm van geloof se bulsak
Sy hart in trane, hem'le in twee geskeur
Miserere na die asuur, dat Hy moet keur

Die hel son hebbe daardie dag getaan
Stilletjies skrei Abraham, 'Waar kom my hulp
vandaan?'
Deur leepoog strakkyk hy na die firmament ylblou
Soeffe breed soos genade, moet hy lank op God
Vertrou

Hoe kon die Skepper van my geloof
Moet 'k Hom verheug, wyl hy my van seun beroof
As 'k kon met duit betaal, my gelofte
Dan sal Hy my ent erfgenaam maak van die belofte

Maar net Sy stem, die hebbe my gekeur
En Hy hebbe met Sy Heuglikheid, my gemoed
opgebeur
Want toe 'k die mes aan Isak se keel wil aai
Toe ontdek God dat 'k Hom nie sal verraai

Want die lem hebbe geritsel, wyl 'k nader brog
In my kou hand, wat met moor spog

Net voor 'k sny hebbe 'k Sy stem gehoor
Dat my geloof, Sy Heil'ge Hart bekoor
En siedaar, blêr r daar dikkerd 'n mollige-skaapram
Want Hy hebbe geweet, my hart was tam
Om die ent-offerings, met die lam te verruil
En met geloof, benede Sy Wieke skuil

Met flikflooi offer, wat hy beloof
Hebbe Hy my nie van ent beroof
En my geloof hebbe Sy beproewinge betaam
En my ente hebbe bekom Sy belofte se erfgenaam...

GENESIS 22 V 12, 13

Toe sê God, " los jou seun! Moenie
  iets aan hom doet nie. Noute weet 'K dat
jy My dien: jy hebbe nie geweier om jou
  seun, jou enigste seun, aan My te offer nie."
Toe Abraham weer kyk, sien hy
agter hom 'n skaapram wat aan sy
horings in 'n bos vasgevang is. Hy hebbe
die ram gevat en in sy en hom in die plek van
sy seun geoffer.

Pappa verlang jou steeds

Toe die dood jou agter pappa se rug kom steel
Diep in die duisternis van die nag
Hebbe 'k gepeins en my verbeel
Dat jy ergens in my drome sal skaterlag

'K wou nog skrei, jy's myne
Toe jou Skepper na my toe toornig gluur
Hebbe 'k maar geskreeu, jy's Syne
En maar die rou en weeklaag verduur

God sit nimmer t'rug wat Hy wegneem
Hy sal jou nooit vervang
Ai, tog jy't van jou eie pappa vervreem
Toe jy God soen, op Sy Heil'ge wang

Die huis is ongestoord soos 'n dodehuis
Geen polfyntjie vir pappa, om te lonk
Jy's noute as 'n wig-gerubyn, in die hem'le tuis
Noute weet 'k, God vat Sy kinders goed en jonk

Toe die dood jou agter pappa se rug kom steel
Diep in die duisternis van die nag
Hebbe 'k gedog jy sal met lewerik in suiderligte kweel
En 'k hebbe maar 'n traan gepleng en
eensaam geskaterlag

Geagte vers

Jy betaam my rustieke gedig
En is die glimlag van my aangesig
Maar al wat 'k met opgetoënheid vra
As jy my boodskap na die leser oordra

Kan jy hul met noeste moed
En fuiwery vir goed vergoed?
Wat hul sal met bek-lek en stertswaai
Met 'n glimlag jou kant draai

Al moet jy hul met smoorverliefdheid laat ween
Maar laat hul hart sonder gesang alleen
Want jy verguld hul gloed se kers
As hul gees luimig dans met elk' vers

En nog een ding, maar nie twee
Ag, as hulle na jou liedjie skree
Want al was jou leser doof of blind
Sal liefde vrolik jul hart saambind...

Net een soen

Net een soen op oggendstond
Dool 'k soos lewerik, in suiderligte rond
Want 'k dommel oor daardie soen elk' dag
Dit gaf my die veerkrag, deur newelagtige nag

Soeffe soet soos heuning stroop
Bly die heuning my wange afloop
Want elk' soen, my lief, dis my polfyntjie
Soos 'n rooskolf wat fladder met die aandwindjie

Net een soen,...net nog een!
Laat my dans opgetoë, in stortreën
Want dis na jou glimlag, waarna 'k vry
Want daai glimlag se soen behoort aan my

Paradysblom

Soos paradysblom gesogtheid praal
En oggendstond se dou!
Op haar gevederte oranje en blou!
Skitterend op haar opgetoënheid neerdaal
Kan 'n digter net die vleugie lonk
Wat vanaf suiderligte se pittoresk pronk

Soms kan mens net heuglik wees
Deur die newelagtige lugruim!
Wanneer dit blyk, genade is versuim!
Is daar opgetooide braktee wat die gees
genees, om die tog onversaagd te skrede
na 'n stille paradys van hemelse vrede

Die storms wou ons op die knieë laat knies
Want geloof hebbe ons hart gesnit!
Om berge en die hem'le te versit!
Maar wees paradysblom, wat luimig dans in die bries
Onthul die demoon wat jou van depressie laat snou
Jy sal jou vrugte pars in die lente dou

Ai, foei tog! Moet jou van hart nimmer
Laat navrant laat ween!
Al wille dit stortreën!
Want 'n arend vrek, sonder om hom self te bejammer
En hy bou sy nes waar eng'le saamdrom
In die bekransing van 'n gaarde van paradysblom

Liefde's vol verrassings

Toe my Babsie met Dewald skaak
Hebbe 'k nogal gal gebraak
Was daar darem iets ongewoond
Toe bak my broodjie in Babsie se oond

Toe my Babsie met Dewald skaak
En pyn my hart diep geraak
Te blind was Dewald te sien, die broodjie rys
Toe koop hy Babsie 'n lang lys

Toe my Babsie met Dewald skaak
En hulle die knoop deurhaak
En die confetti op hul soos kieza stortreën
Toe laat sy die wig by sy Tant Ester alleen

Toe my Babsie met Dewald skaak
Toe moet 'k spore maak
Want die wig hebbe na my getuur
Toe moet 'k dit vir 'n oomblik duur

Toe my Babsie met Dewald skaak
Hebbe dit hom soeffe baie getraak
Want op hulle euforiese wittebrood
Toe skreeu Dewald, ' 'K maak hom dood!'

Toe my Babsie met Dewald skaak
Hebbe hy die troue gestaak
Want die wig was heeltyd myne
En hy't gepeins dis syne
Toe my Babsie met my skaak
Hebbe dit Dewald nie getraak

Want liefde't sy gang gegaan
En tot niet was hul bootjie se bestaan...

Aan my beminde

Dis winter in my hart
Maar somer in jou glimlag
Maar wat my polfyntjie gaf?
As jy soos lente blomme skaterlag

Die asuur ylblou jou tuiste
Herfs min 'k jou, my lief
As die trosse reg is, vir die parskuip
Soek 'k 'n soentjie, seblief?

Die rooiborsie sing jou 'n lied
Waar sefier deur jou loof waai
Jy's altyd adret in dou opgetooi
O Gousblom, as jy jou prag rond swaai

Jy verguld my hart met lente
As winter dit wille laat ween
Jy maai my liefde in herfs
En somer laat jy my nimmer alleen

Dis winter in die stad
Maar somer in jou gaarde
O Gousblom floreer waar wielewaal bad
En jy's my polfyntjie van die aarde

'n Geel roos se glunder

'K dool deur 'n rooskrans
'n Rooskrans bloedrooi, spierwit, en koringgeel
Wat fladder in die bries en luimig dans
Toe hierdie verguld roos my hartjie steel
By die oewer, benede die wilgerboom
Oortref al die blomsoorte, soos 'n hemelse droom

Soos eng'le in mens drome gaan tegemoet
En 'n boodskap van die toekoms openbaar
Kan 'k nie maar opgeruimd hierdie vriend te groet
En met heuglikheid na hierdie berig staar
'K tuur en tuur-maar dit val my nie by
Hoe God se genade en Seun my sy

Op Wie plaas hierdie roos sy vertroue?
Dat hy soeffe kranig, sy dorings soeffe ridderlik por
Steeds swier hy sy prag van geloof, deur winter koue
Sonder om te verlep, krenk, of verdor
Maar soos grag het God se Gees sy kasteel omgewe
En as hy mens nyp? Hebbe Vredevors onmiddellik
vergewe

Soms bly ons aan die verlede vasgeklem
En peins God hou rekening van elk' faal of fnuik
Maar onwetend, elk' sondaar's vir sy Groot genade
bestem
En daarin floreer ons, in Sy Heil'ge Woord soeffe puik
En 'k kan net maar glimlag, en pleng 'n waterlander
Oor die opgeruimdheid van 'n geel roos se glunder...

In my foltering...

'K hebbe soeffe swaar gekry in my wee
Dat die dood my jammer kry
En die skimmeryk was soeffe verleë
En was nie vir my voorberei

Die stortreën hebbe gefluister
Daar's uitkoms of hoop
'K moet maar na die ou slang luister
En my siel aan hom verkoop

Ek's die wêreld se enigste teenstander
Praat 'k vrede, wille hulle net moor
Al wat van my foltering ooit verander
Dat my hart en siel volmag-moed verloor

Aan onkruid groei geen rose
Rivier se vliet proe nooit siltig
Hoe kan 'k ag op die leuen van die Bose?
Wanneer my Skepper sê," Wees heilig, want 'K is
Heilig"

Niks kom van niks doet
Niemand gaan uit die bloute kom
'K moet streef met die goeie soeffe goed
Soos die 'n goue sonneblom

'K sal myself moet eers vergewe
'K sal myself moet motiveer
Sodat onversaagdheid my hart omgewe
Sê 'k was verkeerd, al maak waarheid hoe seer.

Probeer met volmag
Vertrou op die onsiende Een
Aanskou sy Wonderlike Dade en Mag
Hy laat jou nimmer alleen

Arend

Toe arend soeffe onversaagd vloog
 En 'k in my angs koes
En hy sweef oor die firmament hemelhoog
 Hebbe 'k gedog, my lewe's verwoes
  'K hebbe als probeer
   En depressie-duiwels geskrobbeer
   En sy veerkrag geabsorbeer

Die lewe behandel mens dikwels stief
 Veral as jy pierewaai, na jou droom
En niemand ag op jou soebat, ongeag hoe mooi
seblief
 Al's jy fleem en gesig vroom
   Nog sal 'k trag
   Met volmag
   Al word 'k verag

Arend sal sweef bo sy skadu
 En sefier sal benede sy pluim wuif
Sal 'k God Aanbid, al word 'k ewig verafsku
 En my vreedsaam hou, soos 'n witduif
   'K sal nimmer swyg
   Al moet 'k hyg
   'K sal vloog en opstyg...

As 'k swaarkry

Waarna gaan drome?
as dit waar word
Gaan dit na Rome?
of moet mens verword
want 'k steef met my aller bes wat 'k het
en 'k veg met elk' letter van die alfabet

wat gaan word van my hart?
want hy skrei, heeldag bedroef
wie aanskou sy ellende en smart?
want hy word heeldag beproef
want 'k ly verdrukking om die goeie te doen
maar voel eerder soos 'n jan pampoen

as 'k swaarkry
laat my dit verstaan
want wie het vir swaarkry voorberei?
en wie het agter sy foltering gegaan?
in knies skryf 'k elk' geliewe vers
dit hou my warm soos 'n gate kombers

Jy's van natuur hemel-beeldskoon

Jou hemelblou-oe flonker oop die gange na die
hemelruim
Jou liefde's warm daar, as my hart van die kou wêreld
verkluim
Jou wenkbrou's soos 'n veerwolk wat oor die pittoresk
asuur vlot
 En wat die sonskyn se glunder-glans, na jou glimlag
aantrek
Jou amoreuse lonk swier, jy's oor my edelmoedigheid
sot
 Want jou kuiltjie-ken betaam die eau de Cologne van
jou nek

Jou wange's soos twee rooi roosbome wat skitter in
my waterlander
As jy jou reënboog glimlag gee, fladder daaroor 'n
hemelse-vlinder
Jou ore's gevestig soos die bergtoppe van die
Drakensberg
 Waar die suiderligte hul prag en praal daaroor
spoggerig pronk
En jou rooi lippe's soeter as die byekorf wat drup van
die krans af, van die berg
 En jy soetklinkende-stem hou die hart se liefde en
gedagtes jonk

Jou hare's soetvloeiend soos die spruit van die
Victoria waterval kaskade
Wat hulle silwer-vliet na die hemele uitgiet, en fluister,
jy's my toekomstige gade

Jou hare's aantreklik, wat skitter soos 'n tiara, as jou kroon
Jy's 'n Hemelse-godin van Rose, wie se hart oop staan vir elk' weeskind
Vir als waaroor jy jou ontferm, sal die fors van liefde jou beloon
Dis daar waar jy die hemel en die aarde in een-hart as kind saambind

Jou aantreklike skouers is gebou soos die bulsak van 'n Stradivarius-viool
Wat sy strykstok oor die preutse-koorde aai, asof 'n serafien daaroor dool
Op die een skouer speel 'n wig-gerubyn met 'n harp van hemelse vrede
Wat jou die glans van 'n engel in wit-pluis, in glinster soeffe heilig gaf
Op die ander skouer, 'n wig bengel wat jou libidineus en vereelt maak in jou blaarskede
Met 'n vurk in die hand, maar jou Skepper sal jou nie straf

Jou boesem's die twee bergtoppe van die Sions-berge wat hemelwaarts swier
En tussen knus jou hart soos die soetvloeiende vliet van die Nyl-rivier
Jou naeltjie's soos 'n olyfboompie, wat fladder soos 'n vlinder, in die bries
En jou buik omgewe dit met majesteit van prinses-Margaret-Gravin van Snowdon
Jou glimlag brog my veerkrag en laat my versag deur die foltering van knies

En jou gees is omgewe met Die Heil'ge en
Hoogverhewe, soos die van 'n non

Jy mollige-dye spru hul vlerke oor die gewuif van die
sienlose sefier
Wat deur 'n rooskrans hul prag en praal van
rooskolwe swier
Jou veerwolk voete's die ene koper wat elk' voetstap
laat drup van vettigheid
En jou enkels is soos vier kloktorings wat 'n
klokkelied speel in my hemelse droom
Wat my betaam, jy verruk my lonk met jou
opgetoënheid, met deuglikheid
Jou Aangesig's soos suiwer goud, Saligmaker,
Vroomste van die vroom...

Die heimlikheid van veerkrag

*"You cannot solve a problem, with
the same mind you have created it!"- Albert Einstein.*

Wie in die stof drentel!
Sal gedurig om sy fnuik wentel!
 Al was 'k 'n bot swaap
  En 'k hebbe gefnuik
 Sal 'k nie laat faal my kaap
  Maar nog sal 'k die voorspoed ruik
Want soeffe soet soos 'n roos!
Sal 'k met my veerkrag bloos!

'n Positiewe en deuglike bepeinsing!
Is soos 'n papegaai in koutjie, wat vrolike liedjies sing!
 Daar waar die veerwolk vlot
  Wil 'k my hart begrawe
 Al word 'k deur mens bespot
  Sal veerkrag my hart omgewe
Deur die stortbui van storms en reën!
Steeds gedy 'n rooi roos alleen!

Die heimlikheid van veerkrag!
Se gloed brand hel soos dag, deur die duisterste nag!
 Wie glo, het volmag in pag
  'n hart robuus van hemelse vrede
 Om geloof te hê, dis 'n splinter van bo-natuurlike
mag
  Gaf jouself eers die beste genade
Probeer hebbe mens vry gemaak!
Daardeur was geen sukses versaak!

Als benodig nie aksie

EKSODUS 23 V 27
...'K sal die skrik vir
My voor jou uit stuur en 'K sal alle
volke met wie jy in aanraking kom,
in verwarring bring. 'K sal al jou
vyande laat vlug...

Soms moet mens geen vin verroer
En stil wees soos 'n roer
Want dan voel lewe soos 'n vermoeide trag
En al wat verdroog is jou volmag

'k weet nie meer watter kant
Want al my trag's vakant
Maar as 'k 'n bietjie wil rus
Wie gaan dan my vlam se vure blus?

My hart en siel skrei, dit kannie meer
Opsoek na sonskyn in die newelagtige onweer
Is daar iewers 'n plek waar 'n digter kan gaan?
Waar hy huis bou op 'n rots wat vasstaan

Vergete is als wat sterf in verlede
Groen weivelde word verstop in stede
Geen meer plek om jou lam versorg te laat wei
Waar sal die lewe mens no karwei?

Ek's 'n goeie vriend van hoop,
Want aan geen duiwel sal 'k my siel verkoop
Want die duiwel was agter my geloof

En hy wou my daarvan beroof

Hoop was nog altyd goed vir my
 Hy was 'n swerwer, toe laat 'k hom by my tuis bly
Noute's hoop president van my land
 Elk' dag wandel ons hand en hand

Als benodig nie aksie
 Stil wees het 'n attraksie
Laat al jou dinge aan Die Here oor
 Hy sal veg vir jou, en het nimmer 'n stryd verloor...

Wilmiena se slank lyfie

Sy swem in die Oranjerivier
Wyl sy haar mollige dye swier
En haar kalfies pronk soos twee gerubyne
En 'k kannie glo, haar hart's myne
  Sy klim uit die waters en haar liggaam glinster!
  Haar seksbehepte-liggaam blink soos silwer!

As smeulvuur Phoibos verguld oor haar skyn
Aantrek sy alle oe, opgetooi en fyn
Alle lonk en oe's op adret haar
En die manne kannie maar met wellus staar
  Sy klim uit die waters en haar liggaam glinster!
  Haar seksbehepte-liggaam blink soos silwer!

Sy skud haar blonde hare, soos 'n dolfyn
En haar boesem klap-klap soos 'n vlerk van gerubyn
Haar blou oe word gemin deur elk' minnaar
Wyl die koetsbouer-manne hul spier swier en na haar
staar
  Sy klim uit die waters en haar liggaam glinster!
  Haar seksbehepte-liggaam blink soos silwer!

'K wens 'k was die sagte bries van luimige-sefier
Om deur haar bene te wuif, as sy haar
beeldskoonheid swier
Want daar's geen polfyntjie vir die oog, soos pragtige
Wilmien
En dit kan elk' boer van die Oranjerivier sien
  Sy klim uit die waters en haar liggaam glinster!
  Haar seksbehepte-liggaam blink soos silwer!

Wat vir God aanneemlik is…

Dis beter as pure goud
en mooi woorde, om net dankie te sê
Sy genadiglik is liefde van ouds
want dis wat Vredevors wil hê

Dis Woorde van Die Gees
hoe om God te behaag, met geloof
jy sal voorspoedig wees
en geen duiwel sal jou daarvan beroof

wees dankbaar in alle aspekte van die lewe
want Die Here het jou verskriklik lief
want as Sy Heil'ge Gees jou hart omgewe
moet jy Hom alles vra, ' Vadie asseblief?'

wat vir God aanneemlik is, is geloof en danksegging
niks sal Hom meer verheug, as jy net dankbaar is
boonop moet jy Hom 'n dankbare Loflied opgeruimd
sing
en jou probleme sal verdwyn soos mis voor die son is

wat Hom laat Glimlag elk' dag
sal eng'le se harte verheug en Jesus ook
wees dankbaar vir elk' sonnige-Sondag
as die liefde uit God se Hart kook

Hy sal jou ingang en uitgang behoed en bewaar
oral waar jou hart se begeertes gaan
glo in Sy Woord, dat alle Woorde is Waar
en jou drome sal nimmer verlore gaan.

Sonnet- Gisteraand se soen

Jou soen, my kras soeffe soet
Want geen goud of duit kan dit betaam
Dis 'n wonderwerk, wat dit alles doet
Dit glinster om my hart, soos 'n verguld raam
'K dommel van jou soen en skaterlag
Dit brog my verheuging van gees
As jou serrefien soen my hart genees
Sing 'k 'n serenade daarvan heeldag

Dis soos dou wat 'n flonker op 'n roos pruik
Waarvan 'k die attar van liefde stillend ruik
'n Duisend soentjies en drukkies ook
Laat liefde vanuit my hart romanties kook
As 'k myself met liefde se rykdom kon versoen
Dan dommel 'k verewig aan gisteraand se soen

As die blomme bloei

As die blomme in vroeë lente bloei
En geloof hebbe my hart opgetooi gesnoei
Kan 'k weer na ruwe-Tafelberg gluur
En na die hemelse ylblou asuur

Die vlinder fladder luimig- en zoem van die hommelby
Spog hoe goue gousblom met wilgerboom gesellig
saambly
Daar's niks soos oggendstond-dou, op groene gras
En 'n Jesus gebed, wat gister se sonde weg was

Waar veerwolk oor dale en heuwels vlot
En riviere hul vliet teen ru-rotse stukkend klots
Swier affodille hule verguld glunders en skaterlag
En God's genade, verheug my hart met 'n nuwe dag

By die oewer sal 'k vir jou wag
Waar ons te vry, onder wilgerboom, tot elke middag
Met poffertjies en varse lemoensap, soeffe kou
En 'k fluister in jou hoor, 'K min daai blou oe van jou...

As die blomme in lente-se-gekiza bloei
En vuurwarm somer begin die veld verdor skroei
Sal 'k aan jou verheuglikheids glimlag dommel
En rooisoet soen soos 'n aarbei-melkskommel...

Die veerwolk

Veerwolk, veerwolk wat die asuur bewolk
wat raap jy reën vir 'n sonlief volk?
as stommerik met sy deuntjie spog
en jy lumierrooi oggendstond beneweld bevog

in watter verte of diepte hemelgewelf?
hebbe jy same eng'le harte gedelf
met watter hoogte? en watter kuns
tel 'n instrengel-roos se prag, in jou guns

wat de hel? wat op dees aarde?
benewel jy die pittoresk van tulp-gaarde
en wanner die sterre oor die hem'le glinster
stel my in geheime skrif, waar's dit ewige winter

en as goor-nimbus jou weg wille karwei
sal 'k nie vir myself vermei
want jy vlot soos 'n gerubyn se witte-vlerk
en 'k kan net, maar jou opgetoënheid opmerk

veerwolk, veerwolk wat die asuur bewolk
brog jy skadu, vir 'n versengde volk?
want dit blyk hy hebbe geen stortreën
'k voel jou eensaamheid, soos jy vlot alleen

Pragtige Elsa

Niemand wou Elsa lonk of raaksien
Nie eens die besope, by die kantien
Sy was wanstaltig soos 'n otter
Toe val Elsa in die botter

Sy ontmoet 'n miljoenêr blind
Met geen kraai of kind
En die het na ses maande gesterf
Toe't Elsa als geërf

Sy's nou adret opgetooi en fraai
Sy's soeffe beeldskoon as haar hare in sefier waai
Toe wat sy by my verjaarsdag oppiets
Daag sy op my 'n bloedrooi Harley Davidson-
motorfiets

Al dra 'n aap 'n goue ring
Hy bly nog steeds 'n lelike ding
Want lelik was nog nimmer mooi
Dit swets my hart van strooi...

Dawid se liefde aan Saul

Toe Dawid vir Is-Boset met liefde wreek
Toe Rekab en Baana vir Is-Boset in sy slaap
doodsteek
Hebbe hy eers voor Die Here verklaar
 Wat hom uit alle lewensgevaar bevry en red
 En Wie's Die Hoorder van gebed
Dat wraak met gramskap, na die twee bendes staar

Hulle't Is-Boset se hoof, aan Dawid geborg
En hebbe met Saul se ent se hoof gespog
Hebbe die grimmigheid van Dawid soos 'n smeulvuur
vlam gebrand
 Hoe kon hulle Is-Boset moor in sy slaap?
 En neem Dawid se goddelike-insig, vir 'n swaap
Beëdig Dawid, dat die wrede skurke, sal skrede oor
die grafkuil se rand

Dawid hebbe sy getroue-lyfwag 'n bevel gegaf
Om die lewe van Rekab en Baana weg te vee soos 'n
graf
Hulle hande en voete was amputeer, en in dood
vasgevang
 Hulle was 'n skande vir die Benjamin-stam
 En hebbe verrot, by die oewer se dam
En hul liggame was daar in Hebron hoog opgehang

2 SAMUEL 4 V 1
Toe Is-Boset seun van Saul
 verneem dat Abner in Hebron dood
 is, was hy tot niks in staat nie, en die

hele Israel was skrikbevange.

Verborge liefde's giftig

Soos 'n droom wat ver is
Na mens wakker skrik
So verdwyn jou liefde soos mis
En is dood soos 'n kers se wik

Liefde wat ver is om te voel
Is soos 'n priem van 'n roos se doring
Na die vuur se warm-liefde se kole afkoel
Is net die as, vir jou bekoring

'n Bepeinsing, of beminde jou lief het
Kan net jou hart se vertroue bevraagteken
Dis soos 'n elegie, uit die letters van die alfabet
Waar net 'n tranedal die koste kan bereken

As die reën val in stortbui, deurdrenk die blom
En die blomkolf open sy prag vir die son, na nog reën
Iemand wat nie sê hy's lief vir jou nie, se hart is stom
Dommel oor verborge liefde, is erger as 'n gebroke
hart wat ween

As die hart die gees in soentjies, met liefde voed
Skitter daar 'n glimlag waar hoop op liefde vertrou
Daar brand 'n kers van onvoorwaardelike liefde, se
gloed
As dit sneeustorm daarbuite, hou dit die hart warm uit
die kit'ge kou

'n Soen na daar iets delik gedoen is, en omhels
Dis soos 'n duiwel wat sy euwel wegsteek agter mooi
woorde
Dis soos 'n sot wat pronk, met 'n leeu se pels
En sê hy het die leeu by die ore aangepak en hy't vele
moorde

As die blom in haar prille jeug pronk
Verheug dit die tuinier, met haar beeldskoonheid
Want die hemelse opgetoënheid, is nog onverskrokke
en jonk
Geniet die aansien van die Here, want dis tot in
ewigheid

Soos die reënboog sy skakering hoog swier
Soeffe's een wat jou die wêreld se drome belowe
En vir jou soet bellettrie sing, soos 'n lier
Maar wat jou van jou menswaardigheid berowe

Waar die traan val, maak dit nat
En geen blinde hand laat liefde dit opdroog
Want soos die reënbui se kletter stort en spat
Soeffe's die waarheid, maar liefde verblind die oog

Soos 'n leeu wat haar welpie verlaat by 'n gulp-rivier
Soeffe's een wat sy beminde verlaat, in 'n storm en
skaak
En gaan opjag, met 'n gulsige-tier
Want dis 'n ander se liefde, wat ware hoop doodmaak

Soos 'n hond wat snou en grom, oor 'n been
Soeffe's 'n jaloerse vrou, wat aanhou kyf

Sy behoort die sonskyn te bring, maar laat dit stortreën
En jy's te skytbang om haar te streel, om te bedaar, om die lyf

'n Roos vir 'n pokaal, sjokolade vir polfyntjie
Om te sê, ' Ek's lief vir jou', hebbe meer waarde
Dit betaam die hart om dit te hoor, soos swart en wit aan 'n pikkewyntjie
Dis huwelik se fors, daarop vestig troue sy aarde

Soos 'n houtpen deur 'n geliefde se getroue hart
Is as ontroue 'n slaaf van die hart en siel maak
Dit skei 'n soen en blydskap van sy glimlag apart
Wie dit doet, sal God op sewe keer wraak

Vertroue op God Eerste en tweede aan jou gade
Hy sal jou hart lei soos 'n rivier na spruite en fonteine van blydskap
'n Leuen ontsier liefde se reine dade
En dit maak tot niet die grag van Vertroue, en Liefde se kasteel en koningskap

Verborge liefde-bly vir die dowe ook ongehoord
En niemand sal ooit sy liedjie hoor sing
Dis soos 'n melodie en serenade sonder 'n woord
Wat net die wonder van bepeinsing, te skyn bring

Tel jou soentjies en drukkies ook
Maar koop 'n bos-blomme, as dit nodig is
Al 's liefde blind, sal dit ons lei deur goor en duister rook

En ons sal sy pêrels van blydskap nooit vergis

Liefde en waarheid oorkom als, 'n leuen kan dit
nimmer beskerm
Wie lieg, moet leuen op 'n leuen vertel
Byna bly daar niks oor vir vergewe en ontferm
Dis nie die woorde nie, maar die hart se gedagtes wat
ontsteld

'n Romantiese aand, in kerslig
Laat 'n hart weer lig skyn, as die liefde duister of taan
raak
Wie jou liefde op God se Magtige-Hart stig
Sal nooit Sy Goedheid van Sy Huis versaak...

As trane praat

Elk' hart ag op die traan
En die blinde siet liefde se taan
Want die hart hebbe die seerste plek
En voel soos die grootste gek

Die traan val nooit alleen
Dit giet in twee, harder as reën
Wie ag op 'n traan se gefluister
Sal ook na sy weemoed moet luister

Wie durf 'n traan van vreugde steel
Sal ook die foltering van sy melankolie deel
En as die son weer opgeruimd skyn
Sal die traan se vore nooit verdwyn

Elk' traan hebbe vertolk sy eie verhaal
En sy ween laat die hart van liefde kaal
Dis soos 'n roosboom sonder 'n rooskolf
En maak jou onrustig, soos 'n silt'ge golf

Die traan gaf die dowe 'n oor
Om na sy gepleng, in bepeinsing te hoor
Wie die sak van 'n traan waardeer
Gaf sonskyn deur goor onweer

Daar's 'n traan van mirakel
Wat mens met hart moet kniel
'n Traan wat mens stapel in 'n kruik
En net God kan sy wierook ruik

My kind

Wie ken die tranedal van 'n enkel ouer?
Want jou geween, hou altyd warm my se skouer
As jy in die duister nag by mamma kom kla
Dat jou pappa en eng'le jou snags pla

As die eng'le jou jaag en jy skrei omtrent
Dan voel mamma, jou inkruip by my voetenent
Dan soen jy mamma 'goeie nag' op die wang
Dan in my drome,...dis waar 'k jou soentjies vang

Jou graan en warm melk's suur
Mamma gluur deur die venster vir jou skaterlag, elk'
uur
As daar sewe kinders, lag en speel in die reën
Voel mamma se hart, 'daar skort nog een'

Wie durf weeklaag se tranedal deel?
Dood verwittig nooit wat dit stil-stil steel
God sit nooit t'rug wat Hy wegvat
Hier sit en rou mamma, en ween jou kussing nat

Daar's 'n gousblommetjie, vir jou dorre graf
Wyl jy en met wig-eng'le om mamma draf
Noute staan julle daar 'n menigte hemelse gerubyne
En mamma weet skaars...'Watter een's myne!...'

Wanneer is my hart gelukkig?

As die vlinders fladder oor die goue affodil
En somer neem weg die winter kil
En die rivier se vliet klots teen my gemoed
Weet 'k Dat U hebbe my altyd behoed

As geloof deur sy dorre streke gaan
Weet 'k nog waar kom my hulp vandaan
Want U ag op my gesoebat van my smeekgebede
En is my skadu aan my regterhand van my elk' skrede

'K roem in U met blydskap volkome
U lonk my, as 'k met heilige eng'le dool in my drome
Tot 'k weer U Heerlikheid in U Aangesig weer sien
Maak dit my hart gelukkig om my Vader te dien

Hier's 'n traan, hier's 'n glimlag
Laat 'k en U Heil'ge Gees saam skaterlag
Hier's U Eer, en U Prys
Want in U Spykerhande voel my hartjie tuis

En as gelukkigheid se flonker taan
Weet 'k waar om na U Heil'ge Troon te gaan
Daar sal U nog op my gebede ag en verhoor
Want met gehoorsaamheid en geloof sal 'k U Krag
bekoor...

Tafelberg bly my tuiste

Ek sal nooit my hart verlaat
En iewers ander gaan leef op straat
Al moet die Kaap my hoe vererg
Bly my hart steeds op Tafelberg

Laat die Kaap van storms my maar irriteer
En looi op die gemoedsrus, baie seer
Sal 'k maar wandel soos 'n sjofel dwerg
Tot by die voet van Tafelberg

Die protea sal nooit sy beeldskoonheid verloor
Waar die kabelkar ons toeriste heuglik bekoor
En 'k gluur hoe die Kapenaars mekaar jolig terg
En 'k rus in die kalmte in die palm van Tafelberg

As die oggendstond dou op die suikerbossie daal
En Phoibos se verguld glunder oor die vlakte straal
Is sy polfyntjie nooit vir my te erg
Want daar's geen tuiste benede die klip, Tafelberg...

Die weeklaag van 'n miskraam

Gister was jy nog in mamma se droom
my ongebore engel, glimlaggie soeffe vroom
hoe mamma jou soentjies, aan my borste dra
en met liefde voed, als wat jou getjank na sal vra

maar's jy's weg soos 'n droom, na mens wakker skrik
my bloedjie's dood! my hele wese's verskrik!
daar's leemte in my hart! 'n traan in my buik!
sonder naam's jy dood! waar hebbe 'k gefnuik?

jou kombersie en waskom's nog nuut in die kas
mamma soek na 'n vuil luier, om dit met die hande te
was
miskien hebbe God in die hemel, vir jou gehou, 'n
warm plek
en Hy't vertoef vir Sy wig, na die miskraam, by die
hem'le se hek

hoe kan 'n moeder haar hart saam haar ongebore
baba begrawe?
net om swanger te wees aan jou, was 'n Goddelike
gawe
sonder verjaarsdag en soentjie hebbe jy mamma
verlaat
nou hardloop jy rond, saam God en eng'le in die
hemel se goue straat

'K wonder of jy ooit aan mamma dink
as 'k na die Melk Weg strak kyk, of jy agter 'n
sterretjie wink

my borste's vol melk, en verlang na jou mondjie, soeffe rond
slap nekkie, pienk-voetjies, oopbek, soen 'k jou op die mond

daar's 'n weeklaag in 'n moeder met 'n miskraam se traan
hoe alle goeie en pragtige dinge van moederliefde vergaan
dis seer..., maar was maar God se Plan, 'n miskraam
eendag sal ons loop, sa God wil, in die hem'le saam...

'n Ween

Is daar 'n waterlander?
wat vir God aanneemlik is
om my lot, te verander
  want 'k dra in die rook, van newelagtige-mis

'k proe die silt'ge traan
wat van my wange rol
wys my, waarheen om te gaan
daar waar 'n tranedal stol

'k pleng my traan alleen
wat my foltering beskryf
in my magnum opus van ween
 gaan weemoed my te lyf

nergens is daar vrede
vir my sjofel en pouper gees
my laaste voetstap van my skrede
wyl 'k die pyn in my ween lees

'k lees dit is verdiende loon
wat 'k noute moet gaf
'k hebbe myself verloën
noute lê 'k benede my graf

'n ween vir 'n wig
wat sy moeder by geboorte verloor
net God ken 'n traan se gewig
en hoe dit mens se glimlag moor...

So ver…

So ver as die son en maan
van mekaar
hebbe jou hart se glunder gegaan
soeffe waar!
en al wat 'k kon hartseer doen?
was in krokodil-trane verlang na net een soen

as die reëndruppels kletter en mistral vlaag,
 in gefluister
kan 'k ruik jou eau de Cologne, soeffe vaag
en luister
hoe jy my omhels en nog soengroet
maar dis pragtig, soos 'n ring aan 'n vark se snoet

jy dryf my op, teen die mure,
en ween
wyl 'k wag vir jou nagte en ure,
ek alleen
dat jy eendag sal sê, jy't 'n fnuik gemaak
dit was 'n faal om met iemand anders te skaak

'k is al verrimpel en gruis, soos my kierie swaai,
en hinkepink
en dommel nog oor jou, soos die wêreld rondomtalie
draai,
en sink
weg in my wipstoel, 'Wat sal jou liefde nou baat?'
maar ek's ene ore oor jou naam, as iemand van jou
praat…

Vrugte van geloof

Toe'k druiwe pars
 En lonk hoe juig gars
Hebbe 'k U nie vergeet
 Wat U my wou laat weet

Op bulsak lê my hoof
 Op die vrugte van geloof
Net toe'k iets vir myself doet
 Toe proe U Naam stroopsoet

Bo alle name's U Naam
 Waaragtig! Wat alle Prys en Eer betaam
'K kus die Seun met my trag
 En eet die vrugte van geloof met Volmag

Soos die die wye bes
 Hebbe 'k probeer m aller bes
Maar U, U hebbe my gered
 Als deur 'n gebed...

Dans van die wind

Jy karwei die dorre loof, op jou blinde skouer
En gluur deur kranse, oor gebergtes, hoe nouer
Jy maak die stad 'n winter al hoe kouer
Jy verouder nie, maar die wêreld raak ouer

Jy ween snags, opsoek na jou kind
Tussen dale en klowe drogies, waar leeus hul prooi
verslind
Jy's die gewuif wat windrigtings soos een bind
En jy fladder deur bome, in gesuis goedgesind

Jy du'tjie die newelagtige-wolk, agterskeeps vir
sonskyn
As jy in bewind is, sal alle duisternis verdwyn
Niemand kan jou verhinder, of laat wriemel en
wegkwyn
Maar die gejaag na jou's ewig skyn

Jy's alewig opsoek na bulsak
Of rusplek in die skemer, wyl die sonsak
Jy breek nie 'n takkie, wat is geknak
En niemand durf dit, om jou aan die ore te pak

Waarvandaan? En Waarheen is jou gaande?
Is jy opsoek na roos, jou aanstaande?
Jy wandel soos 'n kilt'ge-gees in donker aande
En vat nooit verlof, vir volle twaalf maande...

Jy's 'n ster

Daar's 'n duisend sterre 'n aand
 Maar 'k begunstig jou vanaand
Want jy's 'n skitterende ster, wat flonker
 En kafoefel en vly, met my in die donker

Jy glinster deur die somber nag
 En behoed oor my hartjie wag
Jy's my polfyntjie, wat 'k verskriklik min
 En al my liefde's joue s'n

As 'k 'n wensie het
 Sal jy dit seblief, opdooi adret?
Want 'k verlang na jou, soeffe ver
 Want jy my lief, my flonkerende ster

Dink aan jou

Vanaand voel 'k in my prille jeug
En slurp 'n hanepootjie, met een teug
En toe aai 'k oor die snaar
En tjingel 'n liedjie, met my kitaar

Dit gaan oor drie winters t'rug
Toe 'k van hartbreek ween en sug
En jy vir Dik-Faan voor my soen
En my laat voel, soos Jan Pampoen

Jy't jou euforie, by my versaak
Toe jy met hom, in die middernag skaak
'K hebbe jou maar eerder gelos
Want verrot sal jou druiwetros

Faan was toe maar altyd liefde blind
Toe jy uitvind, ek's vadie van jou kind
Toe verdroog jou hart, soos 'n hanepoot-rosyntjie
En jou krokodil-trane was my polfyntjie...

Ou mense se getjommel

Daar's iets wat jy moet weet
 En moet nooit vergete
Ek's op insulien en diabeet
 Plus klodder hebbe my beet aan die kuite

As 'k oor jou streel pyn my gewrig
 Dis waarheid! My prostaatkanker is geen klug
In al my gewrigte is 'k geskeel met jig
 En dis insomnie, met my rug

Ek't Alzheimer, as 'k goed onthou?
 En hebbe ook 'n waterknie
Arthritis dryf my op teen die mure
 Met my brongitis-bors kan 'k nie draf nie

Met my angina-hart, hebbe 'k jou lief
 Ek's soms hardlywig, om saam met jou te dans
Ek's suikersiekte-soet, saam met jou my lief
 Maar peins, met 'n migraine, wat skrik vir niks, hoe
vat 'n kans

Jou sterk bobotie's goed vir my ulkus maag
 Plus anoreksie maak my skraal, soos 'n riet
Ek's ontslae van bulimie, onthou my Alzheimer vaag
 Plus die hoe bloed en wit lewer, laat my mielie korrels
giet

Nog min 'k jou, my lief
 Daar's baie, wat my kwel
Luister en ga aandagtig, seblief?
 Wag tot 'k jou van my doodsbed jare vertel...

Vir wie dit aangaan

As my gedig nie die leser bekoor
Dan hebbe dit seker sy glans verloor
Want sonder 'n leser, is dit eensaam en koud
En daar's niemand om te min, sy liefde's soos goud

My gedig sal eerder na 'n blinde se oog verlange
En gaf dit 'n soentjie, langs die glimlag se wange
Want die blinde sal my kale gedig se bellettrie
waardeer
En my gedig, gaf eerder aan die blinde die eer

Sonder 'n leser beteken elk' gedig niks
En dit sterf en brandweg van verlange, soos oniks
Maar dit reinig die geraamtes, uit my hart se kas
En my gemoed styg soos oniks, uit sy eie as

Geen gedig hebbe nog ooit sy leser gekies
Maar die leser verkry daaruit goeie advies
Maar wat mens gaf 'n knop in die keel
As digters hulle gedigte net met sommige wil deel

'K laat my gedig eerder deur 'n blind laat lees
Sodat my woorde praat met hulle, in Gees
Want my gedig benodig elk' leser wat dit kan kry en
het
Daardeur flonker die liefde van volmag, uit 'n lee
alfabet

As jy weggaan

Elk' keer as jy weggaan
Dan laat jy my met 'n kilt'ge traan
In nagte, waar 'k na jou eensaam soek, in my drome
Deur dorre gebergtes, verlate vlaktes, tussen
terpentynbome

'K vra 'n spierwit-wig-gerubyn
Waar drie-suster sterre flonker in een lyn
Wat 'n harp streel op die luimige-takkie, van 'n
hemelboom
Of hulle jou nie gewaar hebbe nie, voor 'k ophou
droom

Want 'k is hartseer, as 'k wakker skrik
En peins, aan die gerubyn in die hemelboom-mik
Hy't sekerlik vertoef, tot 'k weg van jou, in my droom
vertrek
Maar 'k hebbe die antwoord soos pizza-kaas drade uit
hom getrek

Hy't my iets in die oor gefluister
En 'k weet jy hebbe ons afgeluister
My hart smelt weg soos was, en my kers se gloed
brand met verlange
Diep in die stille donker, hou die eensaamheid, jou op
my gedagte, my in trane gevange

'K verwag vanmôre, jou telegram
En hebbe my hare plat gekam

118

Waar jy altyd 'n roos pluk, en dit daarin plaas en versier
Met 'n vars gebakte pastei, jou gunsteling, biefstuk-en nier
'K wou nog jou skadu omhels
Want eensaamheid nyp my, soos 'n kou els
En my hart raak swaar met waarheidsliefde, wat krokodil trane pleng
Eensaamheid en 'k in 'n hoekie alleen, wat met ons liefde meng

Elk' keer as jy weggaan
Dan wil 'k jou op die bors slaan
Dat jy die wêreld meer nodig hebbe, as vir my, my geliewe man
Nou tuur 'k in trane, sjofel, na die kou stoof, met die lee koffie kan...

Liefde's blind

As 'k liefde met die oog kon sien
  Sou 'k dit met graagte kon bedien
En sou 'k deur jou leuens kon gewaar
  Dit smoor my by die kraag!
  Hoe kon jy dit waag?
En met 'n eed belowe, van liefde onwaar

Jy dink seker 'k hebbe 'n skroef los
  En trag, om my weer te lei, om die bos
Met jou geween en tranedal, wat verskoning vra
  Jy't jou bed opgemaak!
  Lê daarin, sommer naak!
Want elkeen wat my nie lief hebbe, sal die gevolge
dra...

Jou mooi woorde spu leuens, soos gif van 'n adder
  Toe jy die kat in die donker knyp, toe's jy 'n vlinder
wat fladder
Wat hebbe jy van my gedink, toe jy met my beste
vriend slaap?
  Hebbe jy my naam genoem?
  Of my trag vir liefde verdoem?
'K is nie onnosel, 'k mag maar lyk soos 'n swaap

'K wou nog vir jou die goeie tyding bring
  En op my knieë val, vra om te trou, met 'n
diamantring
Want 'k hebbe dit vir jou gekoop, met my laaste duit
  Klaar vir dominee oor die huweliksaankondiging
verwittig!

Maar dis nou stank vir 'n dank, klap in die gesig!
Hoe vertel 'k hom noute, ons liefde is oor en uit?
'K hoop jy vermei, want jy't my hart gebreek
En met 'n houtpen deur die hart gesteek
Al is liefde blind, kan 'n leuen nooit iets of iemand
beskerm
 Dit verbitter liefde se soet smaak!
 As ontrouheid, die hart se gemoed aanraak!
En dis soos wilde-als, op die maag, en derm

Liefde's blind, maar nie ek
 Daar's geen vertroue, as waarheidsliefde vrek
'K sal jou onthou vir die leuens wat jy my laat glo
 Jy't 'n groot kans gewaag
 Noute ween jy jou kussings sopnat
Maar dis niks, God wag vir jou, daarbo...

Diep drome

Die Karoo vertolk sy eie verhaal
Waar die suikerbossie luimig dans, soeffe kaal
En hy verlang na 'n vliet, van Oranjerivier
En Kurt Darren liedjie, met 'n yskou bier

Die kaktus floreer in 'n kaal en versengde streek
Dit voel God hebbe Hom op Karoo se feestye gewreek
Want die witwarm no^ientjies van die Karoo ontvlug 'n
kaapenaar
En die boere met haelgewere, bly na die kapenaar
frons en staar

Agt volle maande hebbe dit laas hier gereën
Die springbokkies sonder kraal, wei op dorre vlaktes
alleen
Geen bries of veerwolk, wat visier of koelte bring
Al wat mens hoor, is hoe die stille berge aubade sing

Tannie Hester hebbe al suiderligte, in die vuuroond
brood gebak
En koekoe kweel 'n jol'ge-deuntjie, op 'n droe
wilgerboom-tak
Waar die loofblaar fladder, en met die droe Karoo-
wind vly
Asvaal van die stof, sit 'k, en dis al vier somers verby

Hier in die Karoo kan mens tot twaalfuur slaap
Weg van die rumoer en die bulder-storms van die
Kaap
En dis hier waar mens, nog in 'n God kan glo

Met 'n tjoppie op die kole, droom 'k nog aan jou, ou-
Karoo...

My swakheid lê by wyn

Elk' dag, na my geswoeg
Haas 'k dors na die kroeg
En teug 'n dubb'le kelkie brandewyn
Want my hart en liggam, voel te moeg
En wou van al die geploeter, wegkwyn
Dan voel 'k hoe die wee verwyn

'K slinger huiswaarts, twee rye spore
Een lei na die hemel, een lei verlore
'n Duiweltjie op die een skouer, 'n engel op die ander
Beide fluister die tuit uit my ore
Engel vra my, wanneer gaan 'k my lewe verander
Die duiweltjie swets, " Hou verby die huis, jou
koggelmander!"

Dan bevind 'k my, tussen die duiwel en die diep blou
see
Beskonke en onversaagd slofkous 'k elk' wiebel'nde
tree
Wyn laat mense dink, hulle's baie sterk
Sterk met die bek, wil 'k Danie-koetsbouer, 'n
vuishou gee
En 'k staan sondag met 'n blou-oog, voor in die kerk
En peins aan die liedjie van Bok van der Blerk

Na kerk, dan tokkel 'k weer die trekklavier
En giet myself met eer, 'n yskou beker-bier

En gaan soek vir Danie, met my boerboel en
haelgeweer
    En kry hom met pragt'ge-nôi'ntjies, sy spiere swier
Dan verword my goue sonkyn newelagtig en onweer
En draai maar in my spore om, want Danie slaan te
seer...

Ouma se poffertjies

Elk' oggendstond, daar by Oom Frik
Gaan eet 'k my pensie trommeldik
En gaan speel met sy kinderjies
Om nader te kom, aan ouma se poffertjies
    'n Tuil aan ouma, as polfyntjie!

Sy haal uit haar uitgelegde-waterlemoenkonfyt
Met warm bokmelk, en hawermout, vir ontbyt
En ons babbel om die stoofsteen, en hou winter warm
Dan omhels ouma my, met haar liefdevolle arm
    'n Tuil aan ouma, as polfyntjie!

Die Karoo se bossies is spierewit van dou
En Elana pronk in haar mini uitgelate, soos 'n pou
En almal maak ogies vir haar, skoon Oom Harry
Dan snou ouma darem en sê, ' Sy's 'n regte flerrie!'
    'n Tuil aan ouma, as polfyntjie!

Stefanus snork in die stal, op 'n bulsak
En ouma's besig om my pensie vol poffertjies te pak
En vir my tassie en een vir die pad
Na ek saam met Oom Frik se kindertjies bad
    'n Tuil aan ouma, as polfyntjiie!

Maar wat altyd uit die boonste gestaltes sal bly
Is ouma se poffertjies, wat my met haar dogter laat vly
Want dit was toeka se jare t'rug, as 'k mooi onthou
Toe staan 'k en sy by die kansel, op trou
    'n Tuil aan ouma, as polfyntjie!
Karoo liefde, sal my hart verheug
Maar dis ouma se poffertjies wat my deug
As 'k dit nimmer kan vergete, wat ouma doet
Dan gaf 'k haar op elk' plooiwang 'n soentjie soet
    'n Tuil aan ouma, as polfyntjie!

Laloentjie-soentjie

Jy ruik na soet laloentjie
Gaf my daar!...nog 'n soentjie
Gaf dit hier!...op my bek
Want dis oor jou laloentjie-soentjie, waaroor 'k vrek

Dis na jou laloentjie-geur, waarna 'k vry
Jou mooi ding! 'k gaan jou kry!
Jou moll'ge-wange, soos 'n rooi pampoentjie
Bederf my met nog 'n lanloentjie-soentjie

Dis laloentjie-soentjie, en sjokolade room
En geur van denne, onder die denneboom
Maar niks oortref jou reuk van laloentjie
En 'n bek vol glimlag, en laloentjie-soentjie

Jou blonde hare ruik soos vla
Maar die laloentjie-geur, bly my pla
Jy's my polfyntjie, my laloentjie
'K lek my lippe af, vir nog 'n laloentjie-soentjie...

In my hart se verstand

'K dommel, hoe ons wandel hand aan hand
Op 'n veerwolk wat sweefhang, op die hemelrand
Waar geen trane my hart kan verneder
Soos 'n lam wat blêr, na sy Herder

Dis seer, maar 'k moet jou vir God afstaan
Dis seer, hoe liefde die hart flenters slaan
Dis seer, my wig, elk' dag sonder jou
Maar jou glimlag sal my hart se verstand onthou

'K pluk 'n blomm'tjie, en ruik sy otto-geur
Wie kan met die hart liefde verwrik of keer?
Wie kan soos 'n moeder, haar pasgebore-baba
begrawe?
En ontneem word van jou, my Goddel'ke-gawe

'K peins aan jou, my geliewe kind
Jy's die roos wat fladder in die stormwind
'K droom, hoe ons wandel hand en hand
Op 'n veerwolk wat sweefhang, op die hemelrand

As liefde sing

As liefde 'n serenade sing, vir my
Is my eenling-hart, soeffe bly
Want dit soen my, op die wang
En ek's in sy towerkuns vasgevang

'Hoe soet die soen?
Hoe rooi die roos?
Wat kan 'k verlief doen?
As om net, te bloos'

As liefde sy serenade sing
En my hart sy ore nader bring
'Eks lief verskriklik lief vir jou', dis wat dit fluister
Liefde's blind, maar kan nog luister

Hoe soet die roos?
Hoe rooi die soen?
Sal jy vir my bloos?
As liefde sy ding doen

My gedig aan myself

Ai, gedig van my bellettrie droom
 Jy's my hoop aan 'n olyfboom
'K steek brand die gloed van jou kers
 Met gelouderde woordeskat, verdig jy 'n vers

Jy lei my, waar net digters gaan
 Met 'n goue alfabet, wat nooit faan
Wat my mure verbreek, met volmag van jou liefde
 En neem jou aan, as kind, soos God Sy Jesus-
Geliefde

Neem my hand en lei my gees
Waar ons heuglik saam kan wees
Waar ons nagte saam kan droom
Langs die Tugelarivier, onder die wilgerboom

En as 'k ween, en as 'k skrei
Sal jy my ver van die storms karwei
Want 'k vind myself die beste, in jou my gedig
Jou hart's oop en ons lonk mekaar gesig aan gesig...

Met 'n glunder aan jou

Vanoggend toe haas 'k na die pen en blaai
Om met my bellettrie, daaroor te pierewaai
Want 'k wou hê jou lonk moet daaroor aai
Want vanoggend, toe lyk jou opgetooi en fraai

'K moet maar met hierdie glunder spog
Wat dit vir my in rooi-lippies brog
Want dit skitter deur die somber-vog
Dat vreugde se trane hebbe geen bedrog

Aan wie kan 'k die hulde bring?
As my gedig, vir jou 'n serenade sing
Want die hart, ontvang sy liefde as eenling
En almal sê liefde's darem 'n blinde ding

'K moet jou 'n soentjie op die bek gaf
Want liefde hebbe nooit 'n hart gestraf
Want gister was 'k hartseer en bek-af
Maar jou glunder hebbe my weer blydskap verskaf...

'n Klopper se Kaape-rymklets

" To live and die in Cape Town, its where I'm from, it's the place to be"
Hier waa' hulle " money hussle" en " some struggle, to eat"
" The Mother City" waa' die taxi's die strate oorvat
Bas in, is min gespin, jy moet stop of gie pad
Al wat jy sien is " sunshine" die blerrie 'Coloureds' het "style"
" Smile with a greed, leave you with peace, passing you by"
" Live parades" dou voor dag, gie jou krag, of wat anders?
Kan jy voel die trots in jou are? " Cause" os is ware Coloureds
" Original" "gedress", name-lekkers, net the best wat " yack"
" Jack Parow copy our style, we smile and got his back"
Kaapse skollies rol, amil os stôlltjies bly blom
" Morning fresh, fruit & veg, special pack, for you mom"
" All in the street, seek in need, for money"
" Coming from a place, in the Cape Flats, that's rufty-bundy"
Die lewe gaan nooit verander, maar amil doen niks en " moan"
Ek's getrou tot die dood, my woord, sal ek bly hou

Om te lewe en sterf in "Cape Town"
" Table Mountain" verfris die siel

Jy moet hie wies, " toe smell the seabreeze"
Om te wiet, " how it feel"

Dis die plek om te wies, die polisie bly bedrywig
Besig verewig, die skollies moet lewe, die nommer
verdedig
Dis 'n hemelse sonde, os bly onder tot op die end
Os moet veg, vir os reg, vir 'n Coloured-President
Niemand gan dit doenie, soe wat gan pos maak?
Staan tot laat, staan saam, staan soes een bymekaar
Os mag beklei met mekaar, maar ek belowe jou dit
Os lat dit ruk op 'n kol waar dit "boring" is
'n Boer maak 'n plan, 'n bantu dink aan een
'n "Coloured" het 'n plan, 'n slams probee een steel
Alweer vat os dit weg, "coloureds" goed en sleg
Ek moet sê, os bly net wen, os " coloureds" is " the
best"
" Rest on Table Moutain, our cable cars are posh"
Or take a walk at nature's art ,at Kirstenbosch"
Larnies is " posh" os moet maar staan en kyk
" The Coloureds is the strongest" "noba" wie vir os
"hate"
" To live and die in Cape Town"

Om te lewe en sterf in " Cape Town"
" Table Mountain" verfris die siel
Jy moet hie wies, " toe smell the seabreeze"
Om te wiet, " how it feel"

Dit issie " Cape Town without Somalians"
Os plek, besmet met alle " fake imitations"
Ek issie " racist", ek wys net wat ek sien met die oe

Kannie glo wat jy alles siennie, dan ga jy nog agter
gehoo'
Dikgerook van die dagga, " happy-go-lucky", " alive"
Ek is " hungry" vi daai vis en " chips", dis 'n Kaapse "
diet"
" Smile in the heart, God bless this city?"
" Living" innnie kaap, oppie straat, haat die polisie
" Even Jo'burg" wil hie wies, " Trying hard te get a
piece of us"
" Watching the sunset, at the beach, and try to be like
us"
" Plus we're born with a slang, stand tall, as
Capetown-coloureds"
Laat die " beat" klop, skink 'n dop, doen alles wat mal
is
Die lewe gaan nooit verander, maar almal doen niks
en "moan"
Ek's getrou tot die dood, my woord sal 'k bly hou
Om te lewe en sterf in "Cape Town"

Om te lewe en sterf in " Cape town"
Table Mountain" verfris die siel
Jy moet hie wies, " to smeel the seabreeze"
Om te wiet, " how it feel"...

Hebbe jou nog lief

Al hebbe die jare traag verby gegaan
En die son strykloop steeds in sy eensaam baan
En die dalia-gaarde is dor en droog
Daar waar die traan, los val uit jou oog

Miskien was 'k maar 'n grote swaap
En hebbe vir jou liefde ontslaap
Want toe jy my sê, dis oor
Hebbe 'k die beste ding in my lewe verloor

'K hebbe 'n stukkie goud, deur die vingers laat gly
Nou sal die spuit en verdriet ewig by my bly
As 'k die tyd kon t'rug draai
Sou 'k,...en nie saam met my vriende pierewaai

Want jy hebbe my by jou gesoek
As 'k jou hart kon lees, soos 'n ope boek?
Sou 'k weet wat jy uit jou hart wou sê
Dat jy my net by jou wil hê

'k hebbe jou steeds verskriklik lief
Want nou behandel die lewe my stief
Jy weet nooit wat jy hebbe, tot dit weg is
Met daardie herinnering, bly 'k jou mis...

Lila

Net gister was jy my gunst'ling heester
As 'k elk' oggendstond, by jou kom vly
Soeffe kuis hebbe jy my hart bemeester
Dat 'k heeldag daar by jou wil bly
   Puik! My lumierrooi-oggendstond polfyntjie...

As die dou jou met 'n tiara laat skitter
Dan aantrek jou otto my nader, aan die neus
Die affodille's in goud, en rose raak witter
Maar dis by jou glunder, waar my liefde wil wees
   Puik! My lumierrooi-oggendstond polfyntjie...

'K skep skoons jou 'n emmer-water, uit die
Oranjerivier
Wyl sy oggend-vliet flonker, en oor jou uitgiet
Dan aanskou 'k hoe die vlinders, saam jou jul prag
swier
Dan weet 'k waar my geloof sy wortels skiet
   Puik! My lumierrooi-oggendstond polfyntjie...

Daar sal dae wees, wanneer die weemoed my wil
vaswang
En in 'n kilt'ge hoekie laat eensaam knies
Maar soos 'n menner, sal jy my lei, met jou stang
Waar jy luimig-dans, en vlinders fladder, in die somer-
bries
   Puik! My lumierrooi-oggendstond polfyntjie...

'K wou jou saam in my hart, huis te dra
En iewers plaas, waar almal jou lonk en sien

En dat almal om jou beeldskoonheid, bellettrie vragies vrae
Hoe kan soeffe 'n hemelse struik, mens met hartlikheid bedien?
     Puik! My lumierrooi-oggendstond polfyntjie...

As jy eendag jou welriekendheid, jolig spruit
En 'k is nie daar om dit met heuglikheid, te ruik
Daar's 'n dor en geurige takkie, in my kajuit
In my skepeling, sal 'k dit met 'n waterlander-van-verlange pruik
     Puik! My lumierrooi-oggendstond polfyntjie...

'K gaan slaap, om net van jou en die sterre te droom
Hoe jou vonkel in my hoek van my oog skitter en karwei
Daar waar ons saam kafoefel en te vly, onder die wilgerboom
Tot jou spruitjie, my hart en skepeling, t'rug na jou, na my huisie lei...
     Puik! My lumierrooi-oggendstond polfyntjie...

Deur alles en t'rug

Soms hardloop my gedagtes leeg
En daar's niks in, om sy kuns te weeg
Dan skryf 'k maar, wat die gevoelens uitbring
En hoor, hoe opgeruimd die stilte vir my liedjies sing

'K leef vandag, want 'k gaf my lewe rede
Deur die rumoer van mense, weg van die stede
Op 'n plek waar my siel, my beste vriend word
En 'k is met hartlikheid omgord

'K ontvlug soms van die herinneringe aan jou
Maar die asuur betaam jou hemelse oe ylblou
Benede 'n visier van 'n wilgerboom
Dan kry 'k myself van jou, te sit en droom

'K pluk 'n gousblommetjie, want jy's opgetooi met
blonde hare
En plaas dit daarin, want jy's van my liefde nie
onervare
Dan vind 'k myself in bepeinsing vasgevang
En verbeel my, jy omhels my van agter, met 'n soen op
in die nek en wang

Maar dis maar my eensame dommel, soeffe kens
'K kry geen slaap, 'k moet op 'n sterretjie wens
Dat jy my sal ontmoet, vanaand in my droom
Waar ons sit te vry, benede die wilgerboom

'K verlang na jou, my lief
Hoe kon jy die eensaamheid, my beminde maak?
'K weet jy't opgeskeur, my laaste liefdesbrief
Dis net trane, as die eensaamheid en verlange, die
hart aanraak

'K noem jou naam, as 'k treur en ween
Hoop jy sal eendag terugkom, na my, jou huis
Jy skaak met my beste vriend en laat my alleen
Maar jy's ewig in my gebreekte hart tuis

Tulp

O Tulp gepruik, in oggend dou
Dis jou glunder, wat 'k van hou
As jy luimig fladder, benede die asuur
Kan 'k nie, maar opgeruimd, na jou tuur

Jy's soeffe opgetooi floreer, deur die nag
En my met 'n soen gekus, en nuwe dag
Al wat 'k wille, net om jou te maai
Om in my pokaal, soentjies na my toe waai

As winterkoninkie sy heuglike liedjie kweel
Dan kan 'k 'n waterlander vir jou steel
Vanuit my hart van foltering, sal 'k pleng
Soewe dat my deuglikheid in jou glunder, kan verleng

En as verdor, of verlep, of vergaan
Sal 'k 'n wens maak, op die sterretjie van die maan
Dat Hemel 'n waterlander van daarbo, laat gulp
Want ook Lam lonk jou nimf-glunder tulp

Ma se engel

Jy's ewig mamma se hoerlaboerla-engel
Al omwissel die buite wêreld jou, in 'n bengel
As die lewe jou 'n goeie les leer
Tug dit jou, op die handjies baie seer

Weet hoekom giet jy 'n traan
En hoekom God sy kinders liefdevol slaan
Want deur die euwel, en deur die donker nag
Hou mamma se gebede, oor jou wag

Dis telepatie, na mamma se middernag-gebed
Dan klop jy, en God lei jou reguit na die bed
En met elk' duit wat mamma jou gee
Vra 'k altyd, " Wat maak jy daarmee?!!..."

Want geld groei nie op my rug
Want in God se Hande, sal Hy jou tug
As jy eendag 'n ook ouer is
Dan moet jy nooit, lief, vergete of my mis

En wanneer jy oud is, en gruis
Onthou, elk' huis hebbe sy kruis
Dan sal jy mamma se grote liefde verstaan
En dat mamma en jou hulp, kom net van God
vandaan...

Skollie

Hy kom uit 'n flenter huis, en gebroke familie
En hebbe gedool in die strate, as 'n sjofel-kind
Hy rook sigarette, en is besope en die wêreld draai
rondomtalie
Die hele dorp hebbe hom gedoop, as kind-van-die-
wind
Weg gehardloop, van die molestering van sy dronk-pa
En hebbe gestaan in rou en ween, by die ope-graf van
sy siekma

Almal die kinders van die dorp, hardloop vir hom weg
En die ouers blameer vir hom, vir hul kinders se eie
foute
In plaas van sy trane, hebbe almal hom beveg
En hebbe hom begewe in sy nood, in winter se kilt'ge
kou'te
Honger slaap, onder 'n plastieksak, in die kou
stortreën
Lê hy as die dorp se bengel, soos die kilt'ge wind,
alleen

Hy kom af op 'n vuurwapen en geld
En hy was uitgehonger vir 'n stukkie droë brood
Hy vra vir die winkelier vir kos, maar die is te ontsteld
En klap hom,...en een skoot, die winkelier is dood...
Nou's die polisie op sy spoor, en almal hebbe vir hom
vrees
Niemand weet, hoe voel dit, om in sy skoene te wees

Sy vyande se bloed, proe vir hom soet

Hy's die dorp se mees-gevaarlikste gevierde-persoon
Onder bende reels en regulasies, is als wat hy doet
Hy vasbeslote, misdaad sal hom beloon
Hy's die katjie van die baan, en vat geen bollie
Almal vrees hom, want sy naam is skollie

Hy gaps 'n beursie, en verdwyn soos die stormwind
Hy steel wat hy kan by elk' plek, waar hy kom
In sy wee, wil die duiwel en bendes hom net verslind
Maar in die tronk is almal skytbang, vir hom
Hy hebbe die hele dorp op rep-en-roer
En as hy in bewind is, staan almal stil soos 'n roer

Hy gryp 'n meisie en soen haar op die bek
Sy vries in vrees en haar pappa maak of sê niks
Totdat hy vir die bangste mens sê, " Vir jou maak 'k
vrek!"
Toe styg sy gramskap op soos 'n oniks
Hy hebbe gedink, hy kan almal teister en moor
Maar hy hebbe die keer die geveg verloor

Sy bende volg hom as hul gewilde leier
Hulle pleeg misdaad vir 'n stukkie brood
Toe loop skollie hom vas by 'n vrot eier
En die slaan hom, met een vuishou, morsdood
Daar op die straat lê hy in sy eie bollie
Noute sê die dorp, 'Eendag was daar gewees,
skollie...'

Als wat 'k het

'K sou als kon gaf
Als wat 'k skatbaar het
Om jou weer te siet
My geliewe Antionette

Daar winters wat 'k wens
Dan jy die sonskyn brog
Maar 'k skryf dit op my pens
Dat 'k eendag weer met jou kan spog

Jy's die warmte, aan my sy
En my skadu, jou visier
'K is die fladder, van jou dy
Wat jou model, altyd versier

As 'k jou kon vertel
Die geheim wat 'k van jou weerhou
'K was verlief, op Adelle
En wou saam met haar trou

Maar toe kom jy, my lief
En neem weg, alles wat 'k het
Maar jy't my eerder gegrief
Toe 'k jou vang met my beste vriend, in die bed...

'K wou hom eers moor
Maar tot niet was als, wat ons het
Al het 'k die stryd verloor
Toe lê Adelle naak, al vier-uur, onder die bed

Einde van die jaar

Nog net gister hebbe die jaar begin
 En net toe wat 'k dit begin min
Was dit die einde van die jaar
 En 'k moet dit met dankbaarheid in die oe staar

Want 'k soek nie een dag t'rug
 Al spartel die jaar, op sy rug
Hebbe 'k dit met veerkrag deurgedra
 En sal niks in sy verlede, vir die toekoms vra

Kersmis hebbe 'k my hulde gebrog
 En kan volgende jaar, daarmee spog
Dat die jaar hebbe geëindig, maar nie ek
 Deur moeilike tye, hebbe 'k gehad 'n rusplek

'K kan net danke sê, aan die Heer
 Hy was my Steunpilaar, deur onweer
En soos Hy met welbehae na my trag, staar
 Sê 'k Geseënde Kersfees en Voorspoedige Nuwe
Jaar...

As 'k jou liefde voel

Met wat sal 'k jou glimlag kollasioneer?
En waarmee sal 'k dit betaam?
Dis soos 'n somers dag, in onweer
En 'n roos wat gepruik is, in 'n verguld raam

As 'k lonk jou glimlag
Kan die wêreld maar, rondomtalie maak
Want jy maak my dag
As jy opgetoë na my soentjies blaas en waai

'K sal niks vir jou glimlag verruil
Want dis al polfyntjie, wat 'k het
Niks kan jou blydskap agter jou glimlag peil
Nie een beskryf, uit die alfabet

Daar's nog iets wat jy moet onthou
Dat 'n glimlag hebbe veerkrag vir 'n weemoedige hart
Maar dis waar jou blydskap alle wee toevou
En maak tot niet alle fronse van smart

Nuwe liefde elk' dag

Soos cumulus die oggendstond hem'le gewaad
En sagte sifreën, laat in ruis kletter
Soeffe's eensaamheid, wat vra by liefde goeie raad
Maar dis geloof in liefde, wat die siel verbeter

As 'n vliet teen 'n roosklof klots
Glinster dit majestueus in son en dou
Soeffe's 'n aantreklike minnaar wat sy liefde bou op 'n
rots
En hy min jou oggend glunder, meer dan jou

Waar smeulvuur son sy goue strale swier
Open gousblom haar hemelse prag
Dis soos 'n dors-welp van 'n tier
Wat na water se liefde, en nie na moedersmelk smag

As 'n koekoe, oor 'n goue affodil kweel
En sy gevederte daaroor pluis, pluim
Soeffe's iemand, war soentjies van 'n ander steel
En getrouheid, sal sy goue deuglikheid versuim

Soos son sy glunder, oor die asuur strykloop
En die donker nag se sterre laat vergaan
Soeffe gaf 'n soen, die hart nuwe hoop
En sy kuns van liefde, sal nooit vergaan

Soos stortreën val, op 'n saf roostuin
Soeffe's een wat op 'n gebreekte hart vertrou
Dis om jou dors te laaf, by 'n dorre fontein
En jou gemoed verword, en jy's ook blou

Laat jou beminde se glimlag jou vermaak
Want niks kan oortref, liefde se volmag
Dan sal jy nooit saam met die versoeking skaak
En daai glimlag se soen hebbe nuwe liefde, vir elk'
dag...

Hendsop na U hem'le

'K bevind myself in die fungus se geute
Diep in die roet
'K hebbe als gedoet
Als wat 'k moet
Hoe kon U my in my barensnood vergete?

My hart's 'n kuil vir melankolie en weemoed
Want 'k bly hyg
'K kannie swyg
'K moet weer opstyg
Maar gaan U my siel die keer behoed?

Die angs laat my dooi, soos 'n sneeuvlok
gesweef, soos seemeeu
dapper soos 'n leeu
'n sneeupanter in sneeu
Maar U Hand hebbe my aangeraak, eks' 'n wrok

Wanneer sal U my U verordeninge leer?
'K bly swerf
Deur dorre werf
As 'k sterf
Sal U, U aan my smeekgebede steur?

Sal U ooit my ellende en verdriet aanskou?
In my trag
Deur die skag
Geen wysheid in pag
'k glimlag, maar die wêreld bly na my, soos 'n leeu
snou

As 'k eendag hierdie wêreld en sy wee verlaat
Met alle geduld
Als wat 'k duld
Sonder skuld
Laat net om in U te glo, vir my baat...

Sê net, pê…!

Net voor 'k gaan dommel en slaap
Neem 'k aan woorde, uit 'n woordeboek
Sodat 'k kan rinkink, in my drome
As 'k na jou tussen gerubyne soek

Die son skuil agter die maan, in die nag
En jy skuil agter 'n witroosboom
In trane hardloop jy, vir die wêreld weg
Want hulle hebbe van die hand gewys, jou droom

'K wou jou nog iets heimlik vertel
O Gaats!..net voor 'k daarvan vergete
Toe skryf 'k maar liewer 'n idillies-gedig
En sit dit by my manuskrip van gedigte

Oor hoe jy ritsel van ongeloof
En dat jy jou kanse verbrou
Maar as jy nog in jouself kan glo
Dan glo 'k en die Here, in jou

Soms gooi die wêreld ons weg
Maar in elk' hart is daar 'n skat van goud
Vind jouself deur die moeilike tye
En jy hebbe die veerkrag van die Here van oud…

Hoekom moet 'k wakker skrik?

'K was verheug, om jou raak te loop
In die midde van my droom
'K was nog oppad, om 'n bouket te gaan koop
Toe ontdek 'k jou koester, bende die visier van 'n
tiboom
Op die groen gras, by die oewer van die Umgenirivier
Lonk hoe luimig fladder, die affodil hul prag, en swier

'K wou jou nie pla nie, maar
Wou maar net weet, hou dit met jou gaan
En soos jy met verbasing, na my met die roos in die
hand staar
Hebbe al die prag van die wêreld, om jou, getaan
En al wat als oortref is: die flonker in jou oe
En dit skitter met jou glimlag, soeffe opgetoë

'K gewaar jou gluur vra, ' Vir wie's die roos?'
En dat jou hart hunker daarna, om dit te gryp
En al was ons trag om liefde te verruk, hopeloos
Hebbe die doring, van die roos van liefde ons diep
genyp
En wat die seerste maak, dat ons elkeen verskillende
rigtings moet gaan
En met 'n herinnering, van 'n soen, vergete van
mekaar se bestaan

'K wens om dieselfde droom elk' aand, oor te droom
Waar jy eensaam tuur oor die Umgenirivier, na die
affodil
Daar benede die visier, in die somer, van 'n tiboom

En 'k jou tegemoet gaan, soos 'n bries, soeffe kil
Dalk sal 'n traan, nooit uitdoof ons kers se wik
Jy in jou graf, en 'k vra, 'Hoekom moet 'k wakker
skrik?'

Wys waar 'k kan gaan

Wys my 'n plek van goue sonskyn
 Waar mens met sy beminde te sit en vry
Waar die eensaamheid soos goor mis verdwyn
 En ons soos twee duifies kir en vly
 My hart kies jou en 'k volg...

Wys my die oewer van Oranjerivier
 Waar mens heeldag kan dommel en droom
Waar leeus hul dors laaf, en elk' dier
 Waar ons te sit en vry onder 'n moerbeiboom
 My hart kies jou, en 'k volg...

Wys my jou hart se sagte plek
 En op jou boesem van 'n bulsak kan rus
Daar waar ons harte albei vir liefde lippe aflek
 En die vlamme van eensaamheid se gloeihitte blus
 My hart kies jou, en 'k volg...

Wys my waar 'k kan gaan
 Waar mens nog met God 'n huis kan bou
Want as die fleur van liefde vergaan
 Dan hebbe 'k nog, op Hom te vertrou...
 My hart kies jou, en 'k volg

Wys my my waar om te bly
 Sodat 'k nie daarvan kan ooit weggaan
Waar jy alleen, behoort aan my
 Waar ons kan saam eendag hemel toegaan
 My hart kies jou, en 'k volg...

Onthou jy nog…?

Onthou jy nog vir Groot Stefaan
 Die koetsbouer van Oukiep
Die dag toe hy my 'n blou oog slaan
 Toe sit my hart in my agterstewe diep

Dit als oor 'n appel en 'n ui
 Wat hy sy plaas verkoop
En wat nog die doodkis se spyker karwei?
 Toe 'k en sy dogter 'n verhouding aanknoop

'K hebbe wel na haar gevry
 Maar wat anders kan 'n tuinier maak?
Als was soewe snel en onvoorberei
 Toe vang hy ons altwee in sy perdestal poedelnaak

Van daai dag af, was 'k skaars soos 'n hoendertand
 En hebbe nooit meer op sy plaas gaan werk
Want sy dogter hebbe my gegryp aan die hand
 Toe vang hy ons in die rushuis van die kerk

'K wou nog om verskoning vra
 Maar toe siet 'k hoe die appels waai
Want sy dogter hebbe 'n boepensie gedra
 En dis hoekom hy woedend is en kwaai…

Somer eufories, asuur ylblou

Soos die volmaan traag sak en ondergaan
En die son in sy goue glimlag opstyg
Lonk 'k hoe die suiderligte-pittoresk vergaan
En 'n nuwe dag se boodskap kan nie swyg

Die blomme knieknik oop hul soetkolwe
Waar vlinders en bye, in fladder draai
En om dor karkasse dool gulsige wolwe
Wyl die droë weste wind boland se kant toe waai

Ja, die Karoo was weer propvol toeriste die jaar
Om ons dorre landskap te admireer en besoek
En soos hulle na ons monument verwonderd staar
Bedien Tannie Tienie hulle met haar suurlemoenkoek

Herman hebbe die knoop Kersmis deurgehaak
Net omdat hy vir Noleen en Frik vang soene
Sy hebbe amper met die vent Gauteng toe geskaak
Maar toe skop Herman sy gat gisteraand vol ou
skoene

Hier sit 'k en peins die lumierrooi-oggendstond
Aan 'n aandjie saam gesellig, met jou
Maar vergete dit eerder, want gisteraand toe staan 'k
bont
Toe moker jou vadie my ander oog ook blou

Nog lief het

Soos 'n waterval uit jou blou oog
 Hebbe die traan los geval
Jy teug die knop in jou keel soos 'n aarbei
 En jy teug jou trots vir liefde wat blind is

Is liefde blind? Of kyk jy weg?
 As die waarheid jou hart se paleis flenters slaan
Die gedagte van 'n gebreekte hart is 'n pyn wat die
siel verteer
 Want geen doring hebbe nog ooit teen sy rooskolf
geroem, dat hy beeldskoon in dou glinster

Jy hebbe nog lief, maar vir wie verduur jy die seer?
 Sal dit die pyn wat delik aan jou gedoen is, regstel?
Jy hoop op sonskyn in die winter kou van jou lewe
 Jy blameer die voëltjie, omdat hy vlie

Elk' vier sekondes word 'n hart gebreek, en vernietig
 Elk' twee sekondes huil 'n vrou van ontrouheid, wat
ware-liefde laat vergaan
Een uit twaalfduisend vroue hebbe die veerkrag om
weer lief te het
 Een vroulike hart het die moed om te vergewe

Skeur op sy liefdes gedig, wat jou hart verneder
 Sy belofte aan jou, het teen jou geroem
Die soet smaak van sy aantreklikheid is nie
charismaties nie, maar galbitter
 Hy's 'n kleurvolle prentjie wat swart en wit raak en al
hoe kleiner en kleiner raak, tot piepklein

Tot hy ewig uit jou hart en liefde en lewe verdwyn

Die berg tussen ons

'K gaan my rigting en jy gaan joue
 En neem saam jou liefde se koue
En oral waar jy kom en gaan
 Daar vertoef vir jou, my hartseer-traan

En as jy daardie traan wil vang
 Onthou jy't my hart soos 'n menner gelei met jou kou
stang
Daar waar jy dit wil in duisend stukkies breek
 En die glimlag van my hart doodsteek

Leë verlange

Die verlange is soos 'n koel bries in die somer
Wat deur dorre grafte en ru-bergtoppe wuif
 Op hoop dat daar iemand na sy teenwoordigheid sal
vra
 Maar dis net die suikerbossie wat luimig dans en
fladder
 Eensaam en Eensaam en Eensaam

 Verdien die hart sy foltering, wat alle liefde dra?
 Hoe kan 'n roosboom wat versengd-smag na water,
haar prag swier?
 Verlos my gees van my vlees van wee en diep
verlange
 'K drink water uit 'n put, hoop om jou gesig daarin te
sien
Dis net eensaam en eensaam en eensaam

'n Traan
 Hyg
 Stilte soos die dood

Herinneringe
 As 'k die tyd kon 'trug draai
 Sou 'k nog meer kon doet

Eensaamheid s giftig, maar dis die verlange
 wat die laaste spyker
 in die doodkis slaan

Eensaam en eensaam en eensaam

Gesiggie

'O Gesiggie vroom
Wat fladder in die bries
Jy betaam my elk' droom
En genees my van die knies

Jy's tevredestelling, met jou prag
Jy's soos 'n prinses van spog in dou
Jou vredeliewendheid hebbe veerkrag van Volmag
Jy's omgewe met elk' beeldskoon vrou

Self rooiborsie spog met sy deuntjie
Wat hy opgeruimd in die son vir jou sing
Hy pluim sy vlerk, as jou hemelse gerubyntjie
As hy jou Skepper se Glimlag na jou bring

Met voldaanheid is elk' spesifieke oomblik
As eng'kle en mensdom om jou glunder dool
Jy kragsbesef my opgetoë en heuglik
Geen smeulvuur son se soewe verseng sal jou prag
verkool

'K kuier by jou elk' oggendstond
Want jy's die fors in al my voetslaan en skrede
As my hart dool vir woorde in die glorieryke-alfabet
rond
Dan verheug jy my met bellettrie van gesiggie-vrede

160

O Gesiggie vroom
Jy's in my hart se tranedal pokaal
Jy verskaf my optimisme vir elk' oomblik en my droom
Jy's my rykdom, al is my sakke sonder duit en kaal...

In my fier

in my fier
 kan 'k berge versit
  net deur my hart en jou

met volmag

uit 'n blinde steeg
 hebbe my geloof my gelei

'K het my dors gelaaf
  By die
    Oranjerivier se vliet

Opgetoë

Veerkrag

'n Trag van waarheid

 Glo

Soms in my fier
Sal 'k swier
Als wat my hart vertroos
In teenwoordigheid saam 'n enkel rooi roos

Die soetste liefde maak die diepste seer

Gebreek soos 'n verlepte roos se hart sonder blare
'n Traan vloei saam met die bloed, en pyn in die are
Is daar 'n bulsak vir 'n gebroke hart, om te rus?
Teleurstelling brand in die flenter hart, wie kan die vuur blus?

Die sterretjies hebbe gesien, hoe die maan die son se sonneblom soen
Die eng'le hebbe geskuil en gefluister, daar's niks wat ons kan doen
Wat val die swaarste van 'n reëndruppel of traan?
Wat is goed en deug wat daar uit pyn en vaarwel te verstaan?

Dis 'n enkel hinkepink wat begin om alleen 'n myl te loop
Hoekom verlaat die wêreld my, en 'k word verafsku deur my hoop?
Dis die graf of eensaamheid! Here 'k moet kies?
Slaan die hand oor my eie lewe, as om te ween, skrei, knies

Selfmoord hebbe my getroos van 'n gebreekte hart
Wie kan skei my hel en krokodil-trane apart?

Is daar genesing bir 'n grbreekte hart, waar liefde
uitbloei?
Is daar nog vreugde in die trane, wat uit elk' leepoog
vloei?

Net God ken die pyn, en waarvandaan die tranedal
kom
Niemand is skuldig bevind vir hul eie gebreekte hart
of was dom
Maar wat hulle nie moet glo, as die pyn vloei, uit die
hart oorboord
Daar's nie 'n uitweg, vertroosting, antwoord, uit die
wee van selfmoord

Selfmoord is nie genesing, selfmoord is bloed
vergieting
Giet jou eie bloed, en God verafsku jou, sonder
vertroosting
Vergewe is die wapen teen 'n gebreekte hart alleen
Onthou mooi rooi rose floreer uit die vuilste gemors
van die lewe, as mooiste blom
  in die tuin, deur stortreën...

Nog lief het

Soos 'n waterval, uit die blou oog
 Hebbe die traan los geval
Jy teug die knop in jou keel, soos 'n aarbei
 En jy teug jou trots vir liefde wat blind is

Is liefde blind? Of kyk jy weg?
 As die waarheid jou hart se paleis flenters slaan
Die gedagte van 'n gebroke hart is die spyt wat die
siel verteer
 Dis 'n eensame wêreld wat blyk dat God ontbreek

Jy hebbe nog lief, maar vir wie verduur jy die seer?
 Sal die pyn, die wat delik aan jou gedoen is regstel?
Jy hoop op sonskyn in die winter kou van jou lewe
 Jy blameer die voëltjie omdat hy vlie

Skeur op sy liefdesgedig wat jou hart verneder
 Sy belofte aan jou, het teen jou geroem
Die soet smaak van hom aantreklikheid is nie
charismaties
 nie, maar galbitter
Hy's 'n kleurvolle prentjie wat swart en wit raak en al
hoe kleiner en
 kleiner raak, tot piepklein
Tot hy ewig uit jou hart en liefde en lewe verdwyn

Kerslig aandete benede die sterretjies

Vanaand sal die sterretjie sjou vermaak
'K en jy en liefde alleen
  Waar ons sal wandel deur 'n rosekrans in aand-dou
  Jy hou my hand, wyl 'k jou hart styf vashou
Hoe soet die soene van vry smaak?
  Wyl sterretjies op jou gesig in maanlig reën

Soms laat 'n kerslig aand, jou skep weer moed
  Net om jou verlange uit te vry
  Dus laat die maan en sterretjies van ons kerslig
aandjie skinder
  Niks in of uit duie wêreld, sal ons liefde bederf of
verhinder
Want jou glimlag is die, ons kerslig aandjie se
smeulvuur gloed
  En nagereg, as ons benede die sterretjies vly

Vanaand teug 'k jou heel in en spu net jou ners uit,
  Want dit is bitter
  'K laat jou water , 'k laat jou sopnat sweet
  Net 'k en jy en liefde alleen weet
Liefde tot sonsopkoms en tot die voëltjies fluit
  Soos jy soos 'n engel, onder sterretjies skitter

Die hart's 'n eensame jagter na ware liefde
  Die kerslig se gloed, wys hom die tog aan
  Kaalvoet oor gloeiwarm kole, 'n myl deur die
skroeiende-vuur

Liefde kan geen verlang en eensaamheid verduur
Liefde kies altyd sy eie soet woorde
En hy tes die hart en niere aan

Eet jou trommeldik aan soentjies
Maak jou hart warm by liefde se gloed
Aanskou die romantiese-trag van hart, deur 'n kers
Laat betaam dit met gedigte se soet vers
Daar's 'n liefderyke lewe, na 'n aandjie onder flonker
sterretjies
Waar trane van vreugde jou van eensaamheid ewig
verhoed

Antjie Krog-hulde

Daar's iets waarmee die toekoms kan spog
'n Ode van Antjie Krog!
Dat daar 'n rit is na haar hart, deur 'n droom
Waar sy gedigte skryf, onder 'n wilgerboom

Haar glimlag skitter, en neurie 'n serenade
Haar bellettrie en vers betaam soos gade
Haar hart gaan uit sy eie pad, vir elk' gedig
En merk die heuglikheid, in elk' lesers-gesig

O Antjie Krog, ons polfyntjie van gedigte Afrikaans
Nog is daar liefde, deur u bestaan
O Antjie Krog, wat sal 'k deeglik swets?
Deur u ervare, ontdek mens ware rymklets

Die sterre verlaat die suiderligte, en donkerte vergaan
Maar die Lig van u gedigte, sal nimmer taan
Antjie Krog! Antjie Krog! Antjie Krog!
Sal u nog 'n gedig skryf, dat Afrikaners daarmee kan
spog?

En as ons u tegemoetgaan in ons droom
Benede die visier van u gunsteling wilgerboom
Sal u die gedig skryf op u hart se tafel, seblief?
Want u's ons voetpaadjie, se rit na drome, Antjie
Krog, my lief...

Papelellekoors

'K kom af op 'n perdeby nes
En per ongeluk het die swerm gekwes
Om my tuinslang, soos 'n towerstaf swaai
En moet toe doekvoet-haaspootjie, na die swembad
pierewaai

Maar die hek tot daar was toegesluit
Toe word 'k 'n perdeby-swerm se buit
Hulle steek my een in die rug en een op die kop
Toe hou 'k met leepoog die woedend swerm dop

Askuus vra, het net niks gehelp
Foei! Nog minder het niks beteken die fors van 'n
leeuwelp
Maar al woorde, wat 'k kon uitkry
Is perdeby, waarom steek jy my?

'Perdeby, perdeby, waarom steek my?
Perdeby, perdeby, waarom steek jy my?'

'K spring toe met klere en al
in die swembad, want die perdebye steek my mal
en toe ritsel 'k van papelellekoors dieselfde aand
en skryf in bloedsweet hierdie wee gevoel van
vanaand

As die storms my kwel

O Here van my lewe
Laat U Gees my siel omgewe
Laat U Naam Geheilig word
En U met Heerlikheid omgord

As die storms my kwel
En my wee ontsteld
Ken 'k U Vader in al my wee
Vir my gebede, praat U nooit van, nee

Gaf my U Krag en U Verstand
Laat U Gees my lei, aan kale hand
Want 'k sal oor my sonde heers alleen
Want U is my Saligmaker en Vader in Een

As die storms my wêreld laat rondomtalie draai
Sal 'k nog in U Wee pierewaai
Tot U my gerus tevrede stel
As die storms my wil kwel

Liefde hebbe jou t'rug gewen

In my femel, hoor 'k jou klop aan die deur
 Wyl die tranedal met jou liefde uitdroog
Maar toe jou glimlag weer my gemoed opbeur
 Hebbe liefde sy ware magtigheid, in my hart gesoog

Jy was al oorsee en in 'n ander land
 En hebbe ook al jou vriendekring verander
Maar toe jy my lonk, en soen op die hande
 Pleng my hart se liefde vir jou 'n waterlander

Jy hebbe jou loopbaan verlaat, en my meer geag en
gereken
 Op die kruispad hebbe jy maar liewer t'rug huiswaarts
gesaai
Nou weet 'k wat 'k als vir jou alleen beteken
 Dis hoekom God se eng'le ook om jou draai

Hulle hebbe jou nt'rug na my arms gebring
 Jy's die ink in my gedigte en pen
En as my gedigte vir jou liefde liedjies sing
 Hebbe my liefde jou t'rug gewen

Hebbe my liefde jou t'rug gewen
 Om met my hele vroul'ke hart vas te hou
Jy's die liefde wat vloei uit my gedigte en pen
 Dis waarom 'k met jou trou, en noem my jou vrou...

Net jy en jy alleen

As die wind snags ween
 En soek, 'n deur na jou hart
 Verhoed sy ween en smart
Want Ek's lief vir jou en jou alleen

As die nag se sterrr'tjies faan
 En die maan voel, dit gaan reën
 Weet net jy en jy alleen
Waar's My Warm-Liefde, om heen te gaan

As 'K jou kom soek, in die stortreën
 Sal jy jou hart se deur oopmaak?
 Sodat 'K jou siel aanraak
'K en net jy en jy alleen

As die weeld jou stiefbehandel
 Net jy en jy's een
 Net jy en jy alleen
Sal saam My in die Koningkryk wandel

Kom na My met jou seer been
 'K sal jou hart rus gee
 Bly net in My Wee
Net jy en jy alleen

Gedig van my hart

Waar die woorde soos trane vloei
En die liefde uit 'n wond bloei
Is daar nog veerkrag vir 'n hart van fier
Waar mens nog 'n glunder kan swier

Met potlood in bellettrie hebbe 'k my hart gekskets
En met rooi in gekleur, waar verse rymklets
En dit verseel met 'n traan en bloedrooi soen
Dat liefde ook sy deel doen

Daar's tye wanneer die hart bedroewig swaar raak
En die duiwel bly net vuil-winde braak
Dan haasvoet 'k na die bladsy en pen
Waar gedigte my hart se gevoelens in woorde ken

Verheug die leser, al moet jy rou en knies en ween
Want die traan verlaat die oog vanwaar dit giet alleen
Maar verlaat my nimmer? Dis wat my hart vra
As my gevoelens die traan in 'n gedig oordra

Wees my anker! wees my pilaar!
As ons liefde in bloed vloei, in een aar
Want in my gedig vind sy leser 'n huis
Daar in sy stansa van deuglikheid, voel 'n leser tuis

Die dame in die rooi rok

'K gewaar haar sit en ween
 Daar onder die terpentynboom
Snik en skrei in die kou alleen
 Met 'n bakkie langs haar, rooi aarbei en room

Haar rooi rok, oortref die roostuin in rooi
 Waar die Phebe deur die saag-blare flonker
Die Melk Weg hebbe haar as eregas uitgenooi
 Om haar prag te swier in die goor-donker

Wie hebbe haar hart gebreek?
 En haar hierna die Tugelarivier gelok
Haar nimf-gesiggie beeldskoon, vroom, bleek
 Vee sy die trane af met haar rooi rok

Kan die eng'le haar omgewe, soos 'n kasteel sy grag?
 Want hier begin die hem'le met neersif
In haar wee, skrei sy van folt'ring-sy's verkrag
 En sy teug 'n glasie gif

Die dame in die rooi rok, hebbe die stryd verloor
 Haar rooi rok was adret en rooi soos bloed
Die gif is uitgegiet langs haar- wie hebbe haar gemoor?
 Uitgedoof in die donkerte is haar kers se gloed

Die dame in die rooi rok
 Se gees was twaalf-dekades laas gesiet en beveg
Al die aantrekl'ke minnaars word na die woud gelok
 En hulle liggame en siele is verewig weg

173

Sy roep uit na die donkerte vir help
En elk' man viol haar rooi rok uitgedos
Soos 'n guls'ghe-leeu se welp
Lei sy hulle na die dood, in die digte bos

Duie dominee hebbe haar gees gemoor
Maar hy was nooit gevind
Hy hebbe die stryd teen die rooi rok gees verloor
Want vanaand toe hoor my man haar ween , in die
stormwind

Deur als

Deur al die dae van my strewe
Trag 'k nog in, om vir niemand te lewe
Want 'k skuld die lewe niks, maar myself 'n kas
Daar waar sukses soos 'n rooi roos in dou fladder en
luimig dans

'K weet daar kom folt'ring van donker dae
Maar dis deel van my tog, nie daarvoor gevra
Maar 'k sal waag en als aan die ore aanpak
Want dis nie oor en uit, tot die doodkis sak

Daar's my hart net vir jou

Daar's 'n rooi roos vir jou soet liefde
Daar's 'n traan, as jy my hart breek
Daar's 'n graf, as jy met iemand skaak
En genoeg grimmigheid, om my hartseer te wreek

Daar's 'n glimlag, elk' dag vir jou, my lief
Daar's 'n drukkie, vir jou soet sjokolade soen
Daar's in my hart net vir jou 'n sagte plekkie
Daar's 'n polfyntjie van vry, als wat jou liefde doen

Daar's 'n serenade as my polfyntjie
Daar's 'n gedig van liefde wat dit betaam
Daar's 'n na wat 'k heelnag van jou droom
En 'n minnebriefie, in rooi soentjies geskryf, met jou naam

Daar's diamante en pêrels, as 'n juweel
Daar's goud van hart, wat my liefde op vertrou
Daar's my bek, as jy wil vry en soentjies deel
En my hele hart behoort aan jou...

Lewenslank vir vroue
mishand'ling bekamp

'K peins in my kou tronksel, op my rug
Die dag toe jy jou hande vir my lug
Dit hebbe begin by 'n vloekwoord, klap, toe wiks met
die vuis
Toe my euforiese-paleis verword in 'n vroue-
mishand'lings-huis
Jy batter my een oog blou en toe, na die ander
Effens deur die toe-geswelde oog, pleng 'n
waterlander

'K hebbe geglo in my gebeente is daar murg
Om stil te bly en die vroue mishand'ling te verduur
As jy my wil verkrag, en bebloed bewusteloos verwurg
Toe staan die swyg , my in die oe, te pepperduur
Jy skel met my, oor waar's jou aandete en gooi dan uit
die kos
En gaan met my te kere, soos 'n leeu wat snou met sy
prooi in die bos

Die slegte dinge wat jy van my vir my sê
Dat 'k 'n slet is en my gedra soos 'n flerrie
Al wat 'k wou gehad hebbe, was jou om my net lief te
hê
Maar jy hebbe my uit gegiet soos 'n pot suur-kerrie
Die woorde slaan seerder as die mishand'ling van jou
vuis
En my droom, was 'n gruwel nagmerrie, in jou euwel-
huis

My lippe was stukkend geneuk, miskien omdat 'k
swyg
En 'k was skybang vir mishand'ling, en hebb my dood
geswoeg
En 'k siet hoe jy jou vermei, in my snik byna asem en
gehyg
Met bloed in jou oë, skree 'k, ' Dis nou net mooi
genoeg!'
Van elk' aand se mishand'ling, bekamp 'k " Gender
Base Voilence"
"All I know was voilence, and did my job in silence"

Jy dink nog, jy stuur jou vierpond-vuis deur
Toe gryp 'k die mes en steek jou in die hart
In trane hebbe jy my hart soveel kere in twee geskeur
Toe eindig 'k dit in 'n plasbloed, al jou verdriet en
smart
Wyl jy ritsel op droë grond en bloed uit jou mond gulp
Steek 'k jou nog 'n keer, want al was 'k jou geliewe
tulp

Dit was nie my motiewe om jou te moor
Maar jou mishand'kling hebbe net te ver gegaan,
Al hebbe 'k my vryheid om " Gender Base Voilence" te
bekamp verloor En die res van my vroul'ke lewe tronk
toegegaan, giet 'k 'n traan
Dat 'k sal my vryheid eendag in 'n ander wêreld kry
Maar die vroue mishand'ling van jou? Is ewig verby...

178

Daar's tyd vir als

Daar's tye wanneer die trane val
En 'n glimlag skaars, soos 'n stukkie goud
Dan staan en rou en ween ons, by die grafkuil se wal
En ons hart voel verlore soos 'n siel in 'n donker woud

Begrawe my met my ners, na bo
Dan sal die son daaruit vir my teenstanders skyn
Laat die dit soen, wie nooit in my glo
Want im hul wanhoop het my veerkrag nooit verdwyn

'K dwing respek af, en volg my droom
Dus moet my niks vra, as 'k jou niks skuld
'K soek geen vrugte aan 'n dorre appelboom
Maar net babbel en niks doet, sal 'k nie duld

Werp my in die tronk, en gooi die sleutel weg
Nog het 'k die vryheid, om sukses te behaal
Die geleentheid is nou, 'k sal eerder sterf en veg
As laat my hoop, soos kou lug daal

Laat my vriende en wêreld my verlaat
Maar ook wegbly, as die sukses my soos 'n harness
omgord
Want hulle wanhoop opinies het net mooi niks gebaat
'K het gekom waar 'k wil wees, om 'n digter te word

My hart se liedjie

Soos my hart se liedjie faan
Soeffe giet 'k 'n slit'ge traan
Wat oor my hart gulp, waar glimlag was
En my hart dooi weg, uit al sy kras

Wanneer sal die reën weer vreugde bring?
Daar waar gedigte, my hart 'n liedjie sing
Daar waar my hart, laventel laat siet
En my hart met blydskap, 'n waterlander giet

Die liedjie van blomme wat die sefier hoor
En hulle luimig dans en fladder, soos 'n gousblom
koor
Daar sal my hart op bulsak rus
Want die lied van 'n gousblom, het sy weemoed
geblus

'n Liedjie waar eng'le saam met mensdom dans
En 'n digter waag met 'n kat se kans
Om u te verheug met wat 'k opgeruimd
Sodat die liedjie van 'n glimlag ook u hart omgewe

'K sal nooit…

'K sal nooit 'n gebreekte takkie krak
En nooit uitwys, dat ek's 'n wrak
Want al het die poog my op die knieë gebring
'K sal nooit daar bly, en myself self-bejamm'ring
liedjies sing

Daar vertoef 'n bladsy en swart, blou, rooi pen
Vir my, om my doel in die lewe t'rug te wen
Want uit die parskuip, sal 'n hannepootjie gulp
Want soms is 'k dors, soos 'n versengde tulp

'K sal nooit iemand vir my fnuik of faal blameer
Al voel my hart en gemoed, hoe seer
Want wyl 'k lewe is daar nog vele kans
Om suutjies na my droom se pype te dans

Lankmoedigheid karwei my deur, met hemelse kuns'
Waar sukses vertoef, met God se guns
En al is 'k bedwelm van gedigte en my wêreld
rondomtalie draai
Sal 'k spog en my talent swier, soos pou se geved'rte,
soefe fraai

Struiwe eiers en spek

Struiwe eiers en brokkies spek
Is 'n ontbyt, waaroor 'k ewig vrek
Met blatjang ben vars lemoensap daarby
Dan kan die oggendstond
Omelette! En gebraaide brood, my lief...

Mollig sal my wang'tjies met 'n glunder swier
En struiwe eiers doteer my die fier
Om met hawermout en gedigte skryf, die tafel deel
En my hart kan heeldag met alfabet se bellettrie speel
Omelette! En gebraaide brood, my lief...

'n Croissant is klassiek, maar benodig ook kaas
Maar struiwe eiers en brokkies spek, is bo baas
'n Soentjie kan eers wag, 'k eet, my lief
Is daar nog struiwe eiers en brokkies spek oor,
seblief?
Omelette! En gebraaide brood, my lief...

As Phoebus styg en lewerik kweel
Dan moet 'k die oggendstond met struiwe eiers deel
Want ontbyt hebbe nooit soeffe vorentoe gesmaak
As jy met soentjies, my struiwe eiers en spek maak
Omelette! En gebraaide brood, my lief...

Rose kan ook hoor

'K wou nog daar by geelroos ween
Dat my minnares hebbe my gelos alleen
En wat sal roos se hemelse prag nou beteken?
As jou vroulief skaak!
En dit haar nie traak!
Wie sal die koste van hartebreek kan opreken?
En geelroos gluur na my , hartseer met my leepoog
En fladder soos 'n gerubyn, hou jou hart op hoog

Roos swets, "Van al die rose in die tuin, kies jy my.
Wyl 'k koester in Phoibos se goue strale, voor die
skemer my kry
Daar's 'n duisend rose maar net een nimf-nooi
Watter roos sal jy pluk?
Om haar romanties te verruk!
En waarna sal jy haar charismaties uitnooi?
Want jy hebbe net 'n gedig, 'n ring, een someraand
Geen duit in jou sak, voor die einde van die maand."

'K peins en peins-maar krap my Jan Pampoen-kop
As jou geliefde jou verlaat, dan is jou hart in die sop
En 'k sê, "As daar 'n duisend-seraf is, wat 'n roos nog
lonk
Sal 'k vertoef, tot aand-dou!
Tot roos skitter vir elk' vrou!
Dan sal die liefde volwasse raak, want die liefdevolle
trag van rose bly ewig-jonk
Want 'k pluk jou, vir haar, om te water in 'n pokaal
Want die gees van liefde, sal op my hart neerdaal."

En roos sê," Dit beantwoord nie my roos se vraag.
Sal jy met jou hart, die dood vir liefde waag?"
 En 'k antwoord, "'K sal haar uitnooi na die kerk.
   En met die goue ring!
    Sal 'k my gedig sing!
 En vra haar om te trou, want die roos wat skitter in
trane, sal altyd werk."
Vra roos, " Maar wat is jy te laat is, om te vra?
Sal jou hart die gevolge van eensaamheid kan dra?"

Sê 'k," Die roosboom hebbe nooit nog nooit sy dorings
in trane getel
En sy dorings hebbe nog nooit 'n dame gekwel
 Maar 'n roos is die fondament, waar troue opstaan
   Dis soos 'n Hemelse-Rots!
    Waaruit die vliet van riviere klots!
 En met 'n roos elk' dag, sal liefde se doel nooit
vergaan."
En 'k buig voor roos met inskiklikheid neer
En swets," 'n Roos plaas altyd 'n pleister, op 'n
stukkende hart, soeffe seer

En daardie aand by die kerk, hebbe 'k die geelroos
hoog gehou
Op my knieë geval en voor die kerk vir Anna-Marie
gevra , om te trou
 Onmiddellik soos 'n stortreën en mistral wat vlaag
   Hebbe sy die Ja-woord gegee!
    En die hele kerk ween en skree!
 Liefde sal altyd die trag wen, as die hart eenling waag
En die geel roos hebbe geknieknik, en in aand-dou,
haar oog na my geknip

En 'k staan toe nader met leepoog, om my danksê-
traan, op geelroos te laat drup...

"Gender Based Violence" bekamp

'K moes na jou, my kleuter-dogter, luister
Toe jou stiefpa, iets eienaardig, in jou oor fluister
Maar toe 'k siet, jou bebloede kombers
Jy's vaginaal-verkrag, tot in jou ners

Jy hebbe altyd van jou stiefpa se polfyntjies gekla
Dat hy jou middernag kom kuier, en snags pla
Hebbe mamma gedink, jy was maar net ondeund en
stout
En jou gekla was te laf & nie te sout

Hier lê mamma in haar tronksel, op my rug
Want jou stiefpa hebbe ook sy hande vir mamma
gelug
My oog was blou en mond opgeswel soos Londen-
brug
En mamma dog, jou gekla was 'n klug

Hier sit mamma lewenslank in die kou tronk
En peins, jou toekoms is vernietig met H.I.V. en jy's
soeffe bitterjonk
Die aand toe mamma jou stiefpa koelbloedig moor
Hebbe 'k om "Gender Based Violence" te bekamp, my
vryheid verloor

Ek's geopposeer teen kinder-en-vroue-mishand'ling
Al is jy verkrag, my dogter, moet 'k in trane vir jou 'n
opgeruimde liedjie sing
Ek's lief vir jou, my geliewe dogter
Daar's 'n eng'ltjie, wat waak oor jou, van agter

Al is mamma nie meer daar, om vir jou slapenstyd, 'n
storieboek te lees
Sal mamma jou ontmoet, in jou drome, en in gees met
jou wees
Wees soet my geliewe dogter, jammer dat jy alleen
moet opgroei
Mag die eng'le jou my liefde karwei, wat uit my hart vir
jou ewig bloei

Kom saam my

Kom saam my, laat ons gaan bokjol
En sokkie 'n storm los
Net Bok van Blerk, hebbe die stad ophol
Wat gaan die aand vir ons kos?

'n Tjoppie oor die kole en hannepootjie
Koester ons en siet hoe die son ondergaan
Pleng daar nog 'n kelkie, 'k verdien 'n hupstootjie
Laat bons dans soos sterre om die volmaan

Kom saam met my, waar die bobbejane vergader
En 'k tjingel 'n Bok van Blerk liedjie op my kitaar
'K gryp jou hand en trek jou bietjie nader
En 'k klapsoen jou, laat die spu spat, wyl jy met liefde
na my staar

Kom saam my, laat ons die stad rooi verf
Jy makeer 'n koetsbouer-man aan jou sy
As 'n ander ma na jou lonk, sal hy onmiddellik sterf
Want jou soentjies en drukkies sal net myne alleen
bly

Sy wandel

Sy wandel soos 'n duif
En 'k ruik haar parfuum soeffe soet
Sy fladder soos 'n vlinder, in sefier se gewuif
En verlief raak, is al wat 'k kan doet

Sy glimlag na my beeldskoon
En my droom fladder met haar glimlag saam
'n Oomblik met droom-liefde, is 'k beloon
En haar eau de Cologne het die oomblik betaam

Waar liefde ontbreek uit 'n hart

Wanneer moet my hart dan glimlag?
 As jy wees wil wees, sonder my liefde
Elk' voorspoed, hebbe sy dag
Gaf my jou liefde se soet vreugde

Liefde wil jou nog by my hou
 Maar Vader in die hem'le is jou Saligmaker
Toe jy my hart verlaat, en staan in die kou
 Voel liefde saam met jou, soos 'n hartebreker

My Geliefde van my hart se soen
 Hoekom voel jou aai nie meer warm?
Om jou net laat herleef, as my elegie dit kon doen
 Was my hart nimmer liefde arm

'n Glimlag is saam met jou begrawe
 'n Traan hebbe jou as polfyntjie nagelaat
Die pyn-gedagte van dood, voel soos duisend strawwe
 En my hart's gekreukel, jy's nie daar om adret lief te
hou in sy naat

Vader moet jou wegsteel van my lewe
 Jou plekkie is ewig stil langs my
Daar waar Vader en Sy Heil'ge Eng'le jou omgewe
 Sal jy maar moet ewig saam hulle bly

Die stormvis

Soos hy gewaar deur die goor-môrestond-mis
Daar's geen gebruis, opsoek na die stormvis
Onwet'nd hy's met sy brutaal-harpoen
  Maak hy die golwe van die see!
  Onversaagd skrede hy elk' tree!
Hoe sy roeispaan van sy platboomskuit elk' vliet soen

Hy hou homself stormvoël, maar's guls'ge soos 'n alk
 En tuur na die stille waters, soos 'n gevederte valk
En gewaar daar spu stormvis water, soos 'n spruit
  Hy's opsoek na die stormvis skil!
  En werp in die see, sy kril!
Hy's soos Agab, maar begin na die stormvis fluit

Soos die stormvis hom benader en swalk
 Raak die see se gistinskuim soewe wit soos kalk
Swalp die water oor die dek, en platboomskuit wiege-
waggel
  En walvisvaarder versuim sy balans!
  En hy begin met die diepsee luimig te dans!
En hy word uitgedoof met water, soos 'n brand'nde
kaggel

Hy spartel met sy harpoen ver van hom
 En die witgevaarhaaie begin gulsig, om hom te drom
En soos hulle met aangaap-kake na hom hap, hap
hulle mis
  Want stormvis laat die see beek om hom borrel
  En hy verstik en smoor met water in sy gorrel

Maar stormvis lei hom na die oewer, waar hy sy lewe
nie kan vergis

Hy hyg met sy harpoen, wyl stormvis na hom tuur
 Beskaamd moet hy met verskoning-gesig, na
stormvis gluur
En hy begin bid-en bid-maar daar verskyn 'n gerubyn
 Wat hom met liefde omhels
 Soos 'n leeu se warm pels
En hy gewaar hoe dans om stormvis sy held, 'n
dolfyn...

Vir die dooie digters

Ek pleng sterk drank en opflikker 'n kers
En bring hulde aan digters, wat lê onder die sand-
kombers

Ek pleng 'n traan, laas jaar getreur en gerou
Die lewe gaan aan, liewe digters, nou toe nou!

Dis kwaai lappies vir die kuns, wat julle ons na-laat
In toekoms van die lewe, sal dit baie inspirasie baat

Want 'n digter maak Suid-Afrika, 'n heuglike plek
Waar eng'le joviaal floreer, en klein duiweltjies vrek

Want hier maak ons groot katte dood
En hier maak ons klein katjies groot

Ons het 'n kaart vir 'n meisie, wat verwaand is, en ons
ontsteld
En smaad haar, "Girl, you got a body of a goddess, but
a face from hell!"

Julle bellettrie lei ons, waar om te jaag 'n droom
En rus benede die visier van 'n groen-wilgerboom

Met pen en lee bladsy, of 'n stomp potlood
Wat skerp woorde graveer in die harte, in nood

Droom maar lekker digters in hulle dorre graf
Ons aanvaar elk' polfyntjie, wat julle in gedigte aan
ons gaf

Daar waar julle hart en siel met gedigte rus
Sal ons hulde brog, en van kop-tot-toon met soentjies
kus...

Daars nog vele odes, wat julle harte nog wou van
vertel
Maar in die volgende lewe sal ons weer ontmoet
geliewe digters, vaarwel...

'K verlang na jou, pappa...

Soms bly my hart na pappa vra
Of jy ooit aan jou ent dink
Toe jy nog jou wig, op jou skouers dra
Toe sweef 'k soos 'n kaffervink
Soos 'n mariposalelie het jy met mamma gevly
In die daliatuin, waar die standbeeld gerubyne bly

'K tuur na elk' skepeling, wat op die waters sweef
Of hulle nie miskien wrokke van pappa se skif
t'rugbring
En of pappa ergens op 'n tropiese-eiland soos
Robinson Crusoe leef
En benede die kalbasboom, ag op die tjirp wat ara,
opgeruimd sing
Ek hoop die papaw, papaja, dadels hou die
frambosesiekte weg
Met pappa wat ontbreek, gaan dit met mamma maar
sleg

Soms as 'k en mamma oor die lewe twis
Dan haas 'k met my tas na die ontstuim'ge strand
Dan tuur 'k na die golwe, en begin van ooraf pappa
mis,
Dan voel 'k die moeder-warmte, hoe neem mamma
aan my kou hand
" Kom ons gaan huis toe..." dis al wat sy fluister
Dan wens 'k daar's 'n nikse, wat na die verlange se
stem luister

Dis nou al 'n dekade en twee jaar sonder pappa

'K hebbe die man van die huis nou geword
'K karwei nou makriel aan met my skif, vir mamma
En eet nou my aandete uit pappa se massiewe bord
'K hebbe 'n briefie in 'n bottel in die gulp van die see
Diep in die see gewerp, om te sê, ons is nou drie en
nie meer twee

'K hebbe die wig na pappa vernoem
Mamma's sot oor haar kleinkind
Sy hebbe darem nou, 'n ent om mee te roem
Al ween sy nog snags met die gevlaag van die kou
stormwind
As die see se beek eendag vir pappa wil uitspoeg
Hou maar seblief verby Oom Dirk se kroeg?...

Die lewe gaan aan

'n Half-dekade oud, dool klein-Piet rond
Broek vol geskyt, duim in die mond
Sy brakkie agterna, agter die moer walm
Sy boetie wiegel-waggel, op sy dronk-ma se arm, ewe
kalm

Sy pappa's in die tronk, oor huisbraak
Hulle vang die knapie in die huis, half-naak
Besig om te ontlas, op die mense se kostafel
Hier in die kaap is die skollies baie uitgerafel

Oom Piet was Sondag alweer, babelas in die kerk
Sy dogter verwag, en sit by die huis sonder werk
Die skollies hebbe alweer die kaapse vlakte in rep-en-
roer
Diaken-Johan knyp die kat in die donker, met 'n hoer

Die man wat op die hoek bedel, is soeffe blind
Hy koekeloer onder die kerksuster se rokke, wat
opvlaag deur die wind
En hier sit en teug 'k aan my kartets, in Twaalfde-laan
Dommel oor my nooientjie, klaar geskaak, maar die
lewe gaan aan...

Toe ons langs mekaar lê …

Gisteraand toe ons langs mekaar lê , en droom
Toe doekvoet 'k klandestien daarin, soeffe dat jy my
nie siet
En 'k gewaar jou en iemand sit te vry onder die
appelboom
En is besig om te skaterlag, en vir mekaar sjampanje
te giet

'K wou jou nog verras-maar hebbe gepeins en wonder
Is dit wat heimlik in jou hart en drome gebeur?
En soos 'k in my eensaamheid, hartseer t'rug deins
Wou 'k nie julle romantiese aandjie, in jou drome
steur

'K hebbe vertoef, dalk noem jy sy naam
Sodat 'k kan eerder wakker skrik en jou daaroor uitvra
Maar die tyd en oomblik, hebbe my nie betaam
Want toe moet 'k my verborge minnares, onderduims
uit my droom dra

Vanoggend sit ons en peins met koffie, om die
ontbyttafel
Met geen woord om te wissel, om met mekaar te
praat
Ons gluur na mekaar, 'Wie gaan eerste uitrafel?'
Maar ons beide kyk na die tyd, en sê, "O Ek's laat..."

By die Karoo

'K verlang na 'n hannepoottros
En na die stoomtrein, wat soos 'n ruspe drentel
En na die Atena, in die bos
En my huisie ruik soos rooilaventel

Op 'n versengde berg's my huisie
Deur dorre klowe, waar Sukkubus dool
Voel 'k op my hart's daar 'n puisie
Hoe Phoibos se hittegolwe, my hoop verkool

Op my houttafel's 'n lee yster koffiebeker
Met 'n spinnerak wat dit gewaad, by boord
Die eensaamheid's darem 'n kilt'ge hartebreker
Wat mens laat knies met skrei, onverhoord

Jou roos verlep in 'n dor pokaal
En 'k gluur of jy as engel sweef daarbo
Die vlakte wyd, en bome kaal
My tas gepak, vaarwel Karoo...

As jy eendag uit jou graf opstaan
En jy dalk, na my kom soek
'K hebbe maar eerder Kaap toegegaan
En jou minnebriefie's gelos, in jou gunst'ling boek...

Die bloed op die strate van die Kaapse Vlakte

Waarmee kan 'k die geweld op die Kaapse Vlakte kollasioneer?
Dis meer trane as die stortreën se druppels, in die newelagt'ge onweer
'n Baba word doodgeskiet, op haar moeder se arm
 'n Skoolseun word oppad skool toe gemoor
Die parlement is skatryk, maar die Kaapse Vlakte's brandarm
 Niemand wil na die geween van die wig-kinders hoor

Die in hul prille jeug wek die Kaapse Vlakte se kommer
Hul verlaat hulle drome, en raak dissipels van die tronkbende se nommer
Hulle verwerp die pen en boeke, en gryp na die gelaaide-pistool
 Die "laaities" staan op teen hulle ouers, en gaan "join" 'n "gang"
Die huisbrekers gooi 'n klippie teen jou venster, om te kyk is daar mense, wat ronddool
 Die jonges gooi weg die moedertaal Afrikaans en swets in 'n " Capetonian-slang"

Dwelms is die mode wat die geweld en misdaad lok
Tant Sarie maak vir jong-Cheslin groot, onder haar rok
Die bergies word vermoor, omdat hulle die moordenaar siet

'n Jong seun lê morsdood op die straat, geskiet in
die kop
Wie verstaan 'n enkel moeder se traan, as haar seun
dood lê, elk' traan wat sy giet
 die werk is skaars wanneer gaan die bendegeweld op
Kaapse Vlaktes stop?

Tant Minnie se dogter loop alleen laat in die donker
nag
Die volgende oggend, hoor die buurt sy's vermoor en
verkrag.
Hier sit 'k en tuur na die Kaapse Vlakte en sy pret
 As die son ondergaan is daar geen ligte in die straat
Al is dit rof en onbeskof op die Kaapse Vlakte
Tafelberg's al wat ons het
 Maar met geloof in 'n droom, is mens tot alles in
staat

Daar word geskiet op die park, waar die kindertjies
speel
Renata Ismael is nou nog weg, God weet Alleen, wie't
haar gesteel
Die Stasie-maniak is uit op parool, die mense staan
daarteen
 Hou julle seuntjies vas, voor die Stasie-maniak hulle
sodomiseer en moor
Vermy die kwaad, voor 'n moeder by die graf, oor haar
kindjie rou en ween
 Al is dit waar, die sukkel is swaar, maar ons moed nie
moed verloor...

'n Stukkie van my hart se liefd'

'K was nog altyd versot op jou
Pronk met verwyfdheid op my droom vrou
Toe jou hart my liefd' toegeeteken met 'n kans
Dis toe 'k na jou pype dans
  Jy's die traan in my oog
  En die vonkel in my lonk
  Soos 'k jou met soentjies sôre hoog
  Hou jou skoonheid my hart jonk

Waar's jou hart se tuiste en straat?
As ons so heentoe gaan vir een someraand
Kan ons daar kuier en kafoefel, tot laat?
Net 'k en jy vanaand
  Jy's die glimlag van my oraal
  Die serenade wat 'k minlik hoor
  As jou liefde verguld oor my uitstraal
  Laat tuit jou gefluister my blinde oor

Waar hebbe jou hart die roos geplant?
Wat soeffe mollig na jou knieknik en juig
Jy hebbe my lewe inswelg met liefde, dit was vakant
Laat ons harte na waarheidsliefde buig
  Jy's my silt'ge sardien
  Wat deur oseane se beek vly
  'n Stukkie liefde vir jou hart bedien
  Sodat jy ewig myne bly...
***

Kortverhale

Sy's feministies, almagtig

"Stilbly is soos goud en 'n goeie antwoord, maar waar 'n vrou mishandel word, is sy rykdom en goedheid nutteloos."

Sy's haaspootjie in gehyg, op met die eikehout-trappe, wat uitgespalk na die see se kant wys, na haar luuksueuse spoghuis, in Glencairn, Kaapstad, in die boonste verdieping, met haar wit-fluweel bloese, oopgeskeur tot by haar boesem soos haar buurstehouer gewaad, gemeng in 'n plas bloed en tranedal wat sy pleng, uitwys asof sy dit vereelt swier, met grimering van kohl wat oor haar beeldskone gesig stroom wat blyk asof die waterlanders lang vore op haar wange trek. Haar blonde hare's deurmekaar, dit lyk soos 'n denneboomlaning wat besig is asof dit gesnoei word in die stortreën van 'n duister en newelagtige winter, waar die takkies ruis in die vlaag van 'n yskoue mistral.

Sy gluur angsbevange en skytbang deur die gleufie van die witgeverfde deur wat effens op sy skarniere draai, saam met die vlaag van haar wind, soos sy na hulp hyg, kaalvoet, met 'n diep snywond oor haar gespitste neus, vanaf haar linkeroog, deur haar bo-en-onderlip tot op haar kuiltjie, wyl die bloed soos 'n spruitjie gulp op haar boesem.

Sy kyk leepoog na die dor en verlepte rooi roos, in 'n waterarm-pokaal, wat al vir vier weke, so versengend staan, en dink: Hoe vinnig kan hoop verdor, dat mens nie eens notisie van die beeldskoonheid om jou neem nie, en gaan soek na prag en praal daar buite, asof dit op 'n rak geadverteer word. Sy vind altyd haar vleugie in 'n roos wat gepruik is benede oggendstond dou, wat spog soos 'n hemelse gerubyn met 'n skitterende tiara op haar hoof, en mens kan sommer die veerkrag voel in so 'n roos, dat liefde als kan oorkom, ongeag wat jou voorval of verskrik, en dat hoop altyd opsoek is na die ontmoedigde.

Sy peins vlugtig hoe onagsaam sy sommige kere is, want sy't elkers dit weelderig versier met 'n rooi roos – vir onvoorwaardelike liefde, en geel roos – vir veerkrag wat so verguld opposeer teen die weemoed van die stormagtige lewe. Sy kry haar fors daarvandaan om alle foltering wat die lewe mens verskrik, te oorkom. Haar bo-lip's in twee geskeur en misformeer soos 'n gulsige jaguar s'n wat snou na sy prooi, haar tande's sigbaar soos die oogtande dwarsdeur die bo-lip steek. Haar hele nimfagtige aansig het van gedaante verander. Sy's soos 'n swanger vrou wat in trawal verkeer.

Van doodsangs hyg-val Hester van der Westhuizen bewusteloos.

VIER JAAR VROEËR

In die gewuif van die somerbries, dool sy deur 'n rosekrans van hul gaarde, en vlagie die attar van 'n roos, wyl hul rooskolwe fladder, en sy sweef serafies deur 'n swerm vlinders en sy tuur na die ylblou asuur, wat haar verruk en verheug, met so 'n aangename pittoresk en laatlente vertoning. Sy's baie aantreklik met blonde hare wat soos 'n soetvloeiende vliet van Victoriawaterval kaskade wat luimig dans in die swewe

207

van die bries. In 'n saffierblou hempbloese geklee, altyd opgetooi, wat die ylblou asuur en haar blou oë betaam, met 'n vlootblou romp, dit lyk so effens soos een van daai Karl Lagerfeld se ontwerpe, wat haar gevederte-dye swier, wat blyk sy fladder soos 'n wit duif in pais en vree, weg van die rumoer van die motors, masjinerie, lughamerbore wat die kolkgate in die teerpad herstel, want geen mens kan daaroor wals met hul kollie, as sy enkels nie swik nie.

Sy en geraas sit nie langs een vuur nie, maar vrede ... dis haar middelnaam. Al is sy slank gebou, spruit die romp se soom haar gebulderde kuite tot op haar diamant enkels, asof sy deur die Rooi See wandel, op droogvoet, met haar hoëhakskoene wat haar toontjies pragtig vertoon, asof sy op 'n verhoog staan.

Sy's onbewus dat sy deur 'n baie aantreklike fotograaf gelonk word en hy admireer haar klassieke styl van kleredrag en hoe sy soos 'n serafiese-nimf deur die rose wandel wat besig's om te bot. Sy's ook onbewus dat hy telefoto's geneem het van haar wat so joviaal deur die roosbome dool, asof een wat 'n kleinood gekry het, want 'n roos is 'n skat na aan elk' vrou se hart.

Hier ontvang sy altyd haar opgeruimdheid van optimisme, en glo die lewe skuld haar nie 'n duit nie, maar wat sy die lewe skuld is liefde, vertroue in haar Skepper, en wat de hel? Sien lewe, laat lewe, wie's jy om jou naaste te oordeel, as jy geen foute het, gooi dan die eerste klip!

Sy's 'n baie nederige dame wat gebore's in Parow-Noord en opgegroei in die pouper strate van haar buurt. Sy was 'n skolier by Settlers Hoërskool, en na haar matriek was daar nie geld om verder te gaan studeer nie, want haar vader was 'n messelaar en haar moeder het in 'n biblioteek gewerk.

Sy't 'n klein-sussie wat 'n dogter is na aan haar pappa se hart. Sy was altyd haar pappa se oogappel, maar toe wat haar wig sustertjie gebore word, staan sy maar daardie plek af, soos Esau wat sy geboortereg verkoop het vir 'n bord lensiesop. Want nou kan sy haar gedagtes vestig op haar lewe en niemand gluur nou oor haar skouer en soek na probleme nie, want die druk van haar pappa sê oor-besorgdheid's nou op haar klein sussie, genaamd Madel, twee jaar oud, maar ook 'n woelwater van 'n gerubyn. Mens moet maar altyd mens se oë op die kleingoed hou, want met daai kleine handjies keer hulle die huis en hele wêreld in 'n oogwink om en laat dit blyk soos verminking van die aarde.

Sy spandeer 'n opwindende tydjie met haarself, om haar gedagtes skoon te kry van alle bepeinsing en weemoed van die daaglikse lewe, en sy glo die toekoms kom maar net eendag op 'n tyd, en jy kan net die lewe dag vir dag aanpak, maar jy moet niks in die verlede gaan haal om in die toekoms te gebruik, want die verlede's dood saam met sy probleme. Net môre het nog niks verkeerd gedoen, maar jy moet altyd jou dag afsluit met geen berou, geen fnuik wat jou net wil bedroewig maak vir die volgende dag.

Soos sy koester in die smeulvuur van die verguld son se ultraviolet strale, benader hierdie aantreklike jongman haar met sy fotokamera, voor op sy bors asof dit 'n beffie is en hy braak aanmekaar op sy T-hemp. Hy's 'n koetsbouer en baie plat op die aarde.

"Goeiemiddag, mejuffrou," groet hy haar effens bedees, wyl hy traag na haar voorhekkie strykloop, en gluur so effens of daar nie miskien 'n boerboel haar geselskap hou nie, want hy het ook gesien die hek staan op 'n skrefie oop en daar's 'n leë hondebak benede die voorportiek, en die's skytbang vir 'n geknor en gesnou, op so 'n verguld-meridiaan.

"Goeiemiddag."

Sy's uit die veld geslaan, en koekeloer effens na hom, maar groet ook ewe bedagsaam en kan nie haarself help om hom te lonk nie, want hy's 'n koetsbouer, baie aantreklik, en let op dat hy 'n fotograaf ook nog boonop is.

Hy's ook maar net op soek na goeie vriendskap, want alleen wees is soos 'n wilgerboom wat sy takke na die hemele swier en geen koestertjie wil in sy mik kom nes maak in die lente en sy vrolike liedjie kweel nie, maar as die stortbui stormagtig-gil, vlaag die kou wind deur sy verlate takke en dit wil van eensaamheid, soos 'n hart skrei en breek en die grou loofblare ruis soos 'n tranedal in weeklaag, wat gepleng word deur die kou eensame hart en sy trooster's sy donker skaduwee.

Sy hart was al gebreek, toe sy vorige minnares skaak met sy beste vriend en boonop nog swanger raak van die vent, maar hy glo liefde's bestem vir elk' hart op die bestemde tyd wat God dit gee. Hy's ook baie opgevoed met die woorde van daai Phil Collins liedjie, *Don't hurry, no you just have to wait.*

"Verskoon my seblief, mejuffrou, maar ek kan nie help om te vra nie, maar hoe sal u voel as ek 'n paar kiekies van u neem? Ek tuur na u nou al 'n paar dae, waar u hier wandel in die pragtige roostuin en het nie geweet hoe om u te vra nie. Ek het nou al my moed bymekaar geskraap om u te vra, want jy lyk so serafies as die rose jou so minlik omgewe?" vra hy wyl hy sy lens skoon pink.

Sy beloer die kamera en dink: Ag wat! 'n Paar foto's sal darem geen skade aanrig nie en niemand het nog ooit vir my gevra om 'n paar foto's van my te neem nie.

"Ja, sekerlik maar," antwoord sy, en pluis haarself opgetooi.

Hy wou haar nie wys dat hy haar lonk nie, maar dink in sy gedagte: Baie aantreklik! Hy vra haar: "Het u al ooit daaraan gedink om vir een of ander tydskrif se voorblad te poseer, want 'k tuur na u nou al 'n geruime tydjie en ek min daardie vleugie van hoop wat u so swier. Dis uit die boonste gestalte waar u tussen die vlinders dool, wyl hulle opstyg en fladder. Ek het nog nooit so 'n hemelse pittoresk ontdek, waar die vlinders u omgewe met hul deuglikheid nie." Wyl hy sy lens na haar mik sê hy: "Strykloop u, maar maak asof 'k nie hier is nie, want ek wil u gemoedsaandoening laat flonker en al die rose in die tuin oortref, want u gesigsindrinking moet die sprokie vertel, en 'n uitdrukking van hoop laat straal, wyl die rooskolwe vaag fladder, want dit gaan nie om die rose se prag en praal nie, maar die boodskap wat elegansie laat skyn."

Hy neem 'n paar kiekies en wys haar na die beeldskoonheid van haar aangesig en hoe sy elk' hubare dame sal verheug met haar beminlikheid in begoëling.

Sy't vir 'n oomblik soos 'n Charlize Theron gevoel wat op die rooitapyt pronkstap en al die "paparazzies" wil 'n kiekie van haar neem om op die voorblad van die *Fair Lady*-tydskrif te poseer. Vir die eerste keer voel sy verlos van die gekyf van haar pappa wat gedurig vir haar vra: "Gaan jy saam met my en mamma grys en oud word, of is my dogter 'n oujongnooi of tribade?"

Sy kyk net na haar pappa wat op die rusbank agteroor leun voor die televisieskerm, en voel soos 'n tulp wat nog op soek is na haar pokaal, maar vandag het haar ridder op die wit perd in 'n fotograaf gekom, peins sy, wyl sy giggel en dink die gedagte's baie belaglik. Sy kry toe gedagte, hy't vergeet om haar naam te vra en syne vir haar te gee, maar ag wat ...!

Die volgende oggendstond staan sy dou voor dag op, wyl lewerik sy fluweelagtige gevederte in die suiderlígte se pittoresk swier, en nou ag sy op die boodskap wat sy liedjie bring en peins: Hoe vrolik kan mens nie wees as daar nog genade so wyd en breed soos die hemele's nie. Mens se foltering word deur sy begeertes gebore, en as daar nie begeertes was nie, dan was mensdom ook nooit in 'n weemoedige toestand nie, want mens is meer geneig om te wil hê as om te bestaan.

"Goeiemôre, engel," groet haar mamma haar terwyl sy haar ontbyt eet en klaar maak vir werk, want sy moet vroeg opstaan om die verkeer te vermy wat op die N1, vanaf Plattekloof tot by Loopstraat in Kaapstad vas aaneen ry, soos 'n erdwurm wat in die versengende-stof wentel om die bodem te root met sy slymagtigheid, om 'n wit lelie te vermaak. Jy staan vroeg op om laat by die werk op te daag, want die baas wil niks weet van die verkeer of wat ook al gebeur het nie, want sy betaling is nie laat einde van die maand nie, maar op tyd, so wees op tyd.

"Wie was dan daardie aantreklike jongman wat gister so van jou kiekies geneem het?" vra haar mamma ewe nuuskierig en gluur haar onderduims aan, wyl sy vir haar 'n koppie boeretroos maak, want die glo 'n koppie koffie's die beste medisyne om 'n hart die fors te gee, net om die oggendstond te oorleef.

"Nee, sommer net 'n fotograaf wat pappa se roostuin gemin het," antwoord sy vinnig en sluit sommer die geselskap af, want sy weet haar mamma wil net weet wanneer gaan sy hulle 'n wig-geskenk met slap nekkie en pienk-voetjies huis toe bring.

"Goeiste ... ek moet klaar maak vir werk!" Sy haas uit na die rybaan waar haar tjorrie geparkeer is.

"Totsiens, Hester!" kryt haar mamma agter haar aan, want sy't skaars gegroet, maar haas daar weg net om die klomp vrae te ontduik.

Sy klim in haar tjorrie, en haas daar weg om op die N1 te kom, voor die oggend-piek begin ...

Sy strak kyk deur die venster en peins voor haar lessenaar. Wat sou sy al als in die lewe bereik het, as sy liefde gevind het? Sy sug so bedroef oor die vrae wat haar mamma haar vanoggend wou vra. Sy loer die tyd wat bokant haar venster van haar kantoor hang, op die mandarin geverfde mure en skrik en haas daaruit om teetyd te gaan hou en om 'n koffie te gaan koop by "Mugg and Bean" wat twee strate van haar werksplek af is.

213

Sy strykloop en gluur so effens na die klippie, ou-Tafelberg, en dink God het darem nie 'n fout gemaak om Kaapstad te versier met Tafelberg nie, want sy pittoresk oor die Skiereiland aftroggel baie toeriste, en die kabelkarretjie wat altyd sweefhang oor die Kaap wat God vir Sy klippie Tafelberg bestem het, om sy fluweelagtige prag te swier.

Sy sien nie hierdie fotograaf wat foto's neem van die duiwe en seemeeue wat om die mense saamdrom, wyl hulle "vis en chips" op die parade eet en gesellig koester in die smeulvuur van die Kaapse môrestond son nie, maar hy gewaar haar en haas oor die rumoer van die strate na haar toe en groet: "Goeiemôre, mejuffrou." Ewe opgeruimd om haar te sien en vra hoe dit met haar gaan.

Sy groet hom: "Goeiemôre, haai! Dis toevallig," swets sy en dink: Ek het 'n bietjie geselskap nodig.

Voor sy hom wil totsiens sê, vra hy haar: "Kan ek jou vir 'n burger stiek, en 'n koppe koffie?" Voor sy wou antwoord, stel hy hom voor: "Verskoon my, waar was my gedagte, ons het nie eens gister kennis gemaak nie." Hy steek sy hand uit en sê baie jolig: " My naam's Marko van der Westhuizen."

"Ek's Hester Coetzee."

"Wat maak jy hier?" vra hy nuuskierig, terwyl hulle twee stadig saamloop.

"Ek werk hier in Loopstraat by 'n boekwinkel. En jy!?" vra sy. "Ek neem aan jy neem seker alweer kiekies."

" Ja!" antwoord hy wyl hulle die koffiewinkel betree ...

214

Terwyl hulle wag, vra hy haar: "Wat sal jy als doen om jou drome in die lewe te bereik?"

Sy glimlag joviaal en antwoord stomgeslaan: "Ek sal als vir my drome doen, maar ek het nog nooit voor 'n kamera geposeer nie." Sy kyk in sy groen oë, en kan nie help om hom heimlik te lonk nie, want hy's baie aantreklik, en sy eau de cologne, 'O ruik hemels', en hy's darem te adret opgetooi vir 'n fotograaf, maar sy goeie persoonlikheid beïndruk haar nogal baie en sy geniet sy geselskap.

"Nou wat sal jy doen vir liefde, as jy jou drome bereik?"

"Een uur van my tyd, dis al, nie meer nie." sê sy vir hom terwyl die kafeemeisie die burgers en koffie bring.

"Kom ek vat jou uit vir aandete, om net dankie te sê, vir die fotosessie van gister," vra Marko haar terwyl sy die hamburger hap, want hy kan nie meer sy hart so laat foltering verduur en alleen laat knies, oor hoekom is daar nie 'n beminde in sy lewe om al sy hart se liefde in 'n tranedal uit te giet met al die liefde wat hy het nie, want sy hart's al vol spinnerakke, omdat daar niemand is wat sy hart kan jonk hou nie.

"Oef!" verstik sy amper aan die hamburger van skok.

"Is als reg!?" vra hy haar verskrik, asof hy 'n spook gesien het.

Sy gluur eers na hom verstom, want niemand het haar nog ooit uitgevra vir aandete nie, en hy het haar nou omkant gevang, soos 'n rooi roos wat fladder in die bries van die lente-sefier, en nou skrikwekkend oorval word met die rukwind en reën, maar tog, blos rose deur die stortreën en geen blom in die veld kan hulle prag oortref nie, dink sy.

Hester snak stilletjies na asem en haar hartjie ritsel, want sy het hom baie aantreklik beskou, maar dit geheim gehou, want sy glo rose bloei in die duisternis van die donker nag, en word met duisend oë gelonk. Almal probeer van ewigheid af die hemelse prag van 'n roos peil, maar nie 'n mens weet hoekom God die roos die mooiste blom in die Tuin van Eden gemaak het nie. Dis 'n blomkolf na elke vrou se hart, en sy het nie geweet hy sal haar so verras met 'n vraag wat sy oor gedommel het iemand sal haar ooit uitvra nie. Sy was ook maar hals oor kop met hom, maar 'n vrou is maar brommerig, want sy wil voel dat 'n man haar wil hê en nie net gebruik soos 'n appel en die stronk weggooi later, as daar pitte in is wat kan groei en 'n appelboom word nie, en dan moet die eensame moeder alleen die appelboom versorg nie.

"Ja!" antwoord sy.

"Maar ek het eintlik beplan om vanaand tyd met my sustertjie te spandeer, want ek werk so baie dat ek geen tyd het meer om saam met haar te deel of kuier nie." Sy weet dis 'n swak verskoning, en probeer haarself uit die situasie worstel.

Maar hy keer haar soos 'n blinde steeg en sê: "Dis geen probleem, want ons kan mos maar saam met haar tyd spandeer."

"Ag wat, dit maak nie saak nie, ek sal môre-aand met haar 'n tydjie spandeer," sê Hester vir Marko toe sy ontdek, hy vat nie so gou nee vir 'n antwoord nie.

"Watter tyd kan ek jou kom optel?" vra Marko ewe gelukkig soos 'n pouperman wat die boerpot gewen het.

"Sewe-uur!" sê Hester. "En jy daag nie 'n minuut laat daar op nie!" heg sy aan.

Hester dink toe, nou kan sy die gekyf van haar mamma en pappa verewig laat swyg en voel liefde het sy manier om elke hart te verheug, ongeag op watter manier hy na jou kom, maar niemand het nog ooit liefde sien aankom nie, want liefde's blind, en die oog wat gesien het liefde's blind, was verblind deur liefde.

Stiptelik sewe-uur, kom toet Marko daar met sy rooi motor en Hester se moeder kyk uit by die kombuis se venster wie hier so voor haar huis die toeter druk. Marko klim toe uit sy motor en gaan klop in 'n aandpak, baie formeel en aantreklik gewaad, aan haar voordeur met 'n bos pienk rose.

Skrikwekkend kyk mevrou Coetzee, na haar dogter wat so opgetooi is soos 'n serafien, en sy vra haar mamma, "Hoe lyk ek mamma?"

"Jy lyk baie elegant ... maar het jy nie gesê jy gaan vanaand 'n tydjie met jou sustertjie spandeer nie?" vra haar mamma haar, uit die bos geslaan.

"Seblief mamma, net vanaand, hou my sustertjie styfvas en sê ek is lief vir haar."

Marko klop 'n tweede keer en toe maak sy die deur oop. "Goeienaand, mevrou," groet Marko haar mamma en wil nog kennis maak, maar Hester gryp die bos rose en sê haar mamma moet dit in 'n pokaal met water sit.

"Ek sal nie laat wees nie." Sy haas daar uit saam met Marko, terwyl haar mamma deur die kombuisvenster loer, baie verheug dat haar dogter darem nou 'n maat het, nou hoef niemand haar van die plafon af te skraap nie.

Hulle het 'n opwindende aandjie saam en Marko soen haar onder 'n mistel wat voor hulle voordeur hang.

Drie jaar het verbygegaan en die tweetjies is al getroud en het twee dogtertjies genaamd, Madelyn en Helena. Marko is nog steeds 'n fotograaf vir 'n tydskrif, maar het toe by die *Gender Based Violence* komitee aangesluit, want hy voel mense moet verwittig word van hoe 'n vrou lyk na hulle gemolesteer is, en hoe die mishandeling hulle van gedaante laat verander.

Hester het toe iets baie eienaardig by Marko opgemerk. Hy's baie aggressief, onwetend hy's tweepolig. Hy's bipolêr en hy bly parmantig vir enige iets. Hy't begin om op Hester gramstorig te skree, haar klere van haar blou-gedonsde liggaam afgeskeur, en daarna vat hy foto's van haar wat so in 'n tranedal gepleng, poseer.

Hy't haar begin wiks, dat die bloed by haar neus en mond uitgulp en teen die witgeverfde mure spetter, soos 'n onstuimige vliet wat teen die rotse stukkend klots. Haar kamerjapon is bebloed en in twee geskeur en haar hare lyk soos 'n doringtak wat uitgedroog het van die gloeihitte van die skroeiwarm son. Elke keer as Marko haar brutaal wiek en rammei, dan het hy 'n passie om van haar foto's te neem, terwyl sy in 'n plas bloed wentel en hyg na asem.

Hy het die gewoonte om al die klere van haar bebloede liggaam af te skeur, dan het hy met haar

218

omgang en vat dan kiekies van haar en maak plakkate daarvan. Mense het gedink dit is grimering wat hy haar laat aansit, en hy was besig om 'n toekenning daarvoor te kry.

Hester wou al gevlug het, maar sy peins net wat gaan van haar twee gerubyn dogtertjies word en wie gaan sorg vir hulle as sy hom gaan aankla by die polisie, want dinge het so ver gegaan, hy begin nou ook al op die kinders te skree. Ja, sy het grimering gebruik om haar wonde weg te steek, en soms het sy nie buitekant toe gegaan vir vier weke en twee dae, sodat die wonde net kan genees. Sy het geglo, elke huis dra sy kruis en huislike geweld moet maar onder die haringgraatmat gevee word, want liefde verdra alles. Sy't altyd 'n roos in pokaal gesit, want dit laat haar weer moed skep en gee haar veerkrag om deur elke storm te lewe.

Sy en die kinders het hom een aand verras op sy verjaarsdag, en hy was baie gebelg daaroor, want die dominee het hom by 'n boekboetiek gekry en gevra hoekom is sy gade dan so kluisenaaragtig, want sy sluit nooit aan by die sustersbond nie. Sy is soos 'n tierwyfie wie se welp in 'n slagyster vasgevang is en weet nie of sy die veearts vir hulp moet gons nie. Sy snou van afgryslikheid, maar is skytbang om te praat?

Hy't dominee baie te na gekom en skerp geantwoord, dat die hom moet bepaal met sy kerk se sake, sy lang gespitste neus uit ander se sake hou, en as hy niks het om te doen, moet hy dit nie hier om sy lewe doen nie.

Dominee het net daar verstom gestaan en gedink, wat het ek dan jou delik gedoen, maar net na hom

219

getuur, terwyl hy woedend in sy motor klim en daar wegjaag.

Marko het by die huis met die deur in die huis geval en vir Hester wat so jolig vir hom geapploudisseer het, lelik te nagekom en met die vuiste bygekom, voor haar twee dogtertjies. Hy het die kinders in die kamer toegesluit en vir Hester aanhoudend afgeransel en haar kop teen die muur gestamp dat haar neus breek. Altwee haar oë was potblou gemoker en geswel. Sy het dertien steke in haar tandvleis gehad, want deur die gestampery teen die wit mure het Hester twee tande verloor. Haar manel was onmiddellik beklad met die bloed, amper of sy haarself in die bloed laat dompel het. Daar het 'n vurk in haar kop vasgesit, want Marko het begin om haar met enige iets wat byderhand is, vereelt te neuk.

Sy het hom miserere vir genade. En het in hul slaapkamer, op die bebloede trypferweel gespartel en gefemel, soos 'n wig wat aan 'n kindermoordenaar blootgestel word en sal nou binne sekondes gemoor word omdat sy skrei om gespeen te word, maar mamma is so 'n helleveeg, omdat sy op die gaste se skouers gebraak het.

Sy het na die sekreet, na hul en-suite gevlug, maar Marko was boos agter haar aan soos 'n gulsige leeu wat haar net wil verslind. Haar gesig was geskend en bevlek met bloed, die toiletpapier het 'n bebloede handmerk gehad, soos Hester daaraan gegryp het van angs. Die mure was ook vol bebloede handmerke, soos een wat met rooiverf teen die mure geslaan het. Die kloset se een deurtjie was met skarniere en al afgebreek. Bloed het oor haar gesig gestroom, soos 'n

220

stortbui oor 'n gousblom wat nog steeds in die wind fladder en luimig dans. 'n Gekraakte kleedspieël, waar haar kop teen gestamp is, 'n kaptafel wat omlê en al die versierings is op die teëls. Die teëls is ook deurweek met bloed, terwyl Hester wentel op die koue teëls en hoor hoe die kinders in hul kamers skrei en ween oor hul mamma wat deur hul pappa mishandel word.

Terwyl sy hyg na asem om te respireer – en Marko is ook doodmoeg aan haar gelooi dat hy skoon sy knieë vashou en rus – haas hy na sy kamera en neem foto's van Hester wat so half bewusteloos lê op die wit teëls, bevlek met bloed. Hy neem ook foto's van haar terwyl sy van hom vlug en haarself probeer wegsteek vir hom. Hy neem foto's van die bebloede ruskamer, waar Hester in haar eie plas bloed hyg na asem. Vir hom is dit opwindend om sy vrou in so 'n haglike toestand te sien, en alhoewel hy bipolêr is, het dit hom nog nie aangegaan om haar te vermoor nie, want hy laat haar daarna saam met hom nog sjampanje drink, verskeurend omgang hê met bebloede liggaam, en seëvier, amper of hulle 'n toekenning verower het.

Van die kinders word daar ook foto's geneem waar hulle in 'n tranedal sit en skrei na hul mamma. Hy swets dit beskryf die magnum opus van vroue mishandeling en niemand weet wat agter toe en geslote deure gebeur nie. Hoe in verwar vroue leef en watter skade dit veroorsaak aan vroue, hoekom hulle melankolies depressief is en knies.

Sommige pleeg selfmoord, maar die probleem van vroue mishandeling begin in die huis en word 'n globale probleem wat mensdom nimmer kan oplos, want meerderheid van die vroue swyg en lewe in vrees vir hul lewens. Maar vroue mishandeling klop aan almal se deur, en lê en gluur na die foto's van elke familie en kinders word daardeur benadeel, om te verword in weeskinders. Sommige hardloop weg van die huis en leef pouper en sjofel op straat, want hulle kan nie meer die mishandeling by die huis verduur nie. Sommige kinders word seksueel gemolesteer en deur stilte, sal mishandeling nie bekamp kan word nie.

Dis die weergawe van Marko, wat hy met sy familie bespreek en hulle moet verstaan die wêreld moet in kennis gestel word. Agter elke foto's daar 'n verhaal wat die fotograaf vertel hoe lewensgevaarlik stilbly is, as niemand hul mond oopmaak en praat nie, en aan mense wat hulp aanbied vertel nie. Niemand het nog ooit 'n mishandelde vrou van die hand gewys nie.

Hester, Madelyn en Helena sit op hulle rusbank en luister na Marko wat nou heel bedaard met sy familie gesels.

Hester het daardie aand net wakker gelê en gebid dat daar 'n engel uit die hemele gestuur moet word, om haar en haar kinders weg van hierdie wreedaardige en gewetenlose man te neem, want deur vrees kom die swyg en hulp bly skaars soos 'n hoendertand ...

Die volgende oggend het Hester die bebloede plek skoongemaak, maar toe kom klop daar een aan die deur. Haar oë was toegeswel en die kinders, nog vol vrees, het na die deur gegaan en gesê hul mamma kan nie nou na die deur toe kom nie, want sy voel bietjie siekerig.

Dit was die bure wat net wou kom uitvind of als nog in die haak is, want hulle het gisteraand 'n helse rumoer gehoor en hoe goed breek, en of hulle dalk kan help. Maar die kinders het gesê hulle moet nou gaan, want hulle mamma is siek.

Die bure was geskok oor hierdie jolige kinders se optrede, maar het maar verwonderd weggegaan van hulle voordeur af.

Vier maande en drie weke het verby gegaan en Hester se wonde het genees en sy lyk weer optooi en adret soos altyd, waar sy al die huisvroue in haar straat oortref met haar rosige glunder en baie aantreklik gewaad in 'n rooi tabberd, tiara op die kop, en ketting om die nek met 'n goue kruisie aan, op pad kerk toe met haar twee dogters op 'n Sondag oggendstond, terwyl uilskuiken vrolik kweel, die blomme floreer en die bye en vlinders saam speel in die verguld son se smeulvuur wat sonskyn met 'n glimlag swier.

Na kerk, wandel die tweetjies met hul mamma soos twee gerubyne wat uit die hemele losgelaat is en mamma moet oor hul toesig hou, totdat Vader kom ...

Dit is hoe lieflik en vrolik die Van der Westhuizen huisgesin is, wyl pappa by die drukkers is om sy foto's te adverteer wat opposeer teen mishandeling van vroue en kinders wat aan *Gender Based Violence* blootgestel word, en om daardie misdaad te bekamp. Maar dit begin met: Moet nie swyg nie!

Die wee van 'n mishandelde vrou's soos 'n flenter gorlet, waarin mens fonteinwater giet, net om die versengende dors te laaf van 'n roos, wat deur die skroeiwarm snikhete van die smeulvuur-son se verderf haar pittoresk van rooskolf nog wil swier. Maar die dorings is te nyperig om daarom te ploeg, en nou verdor

223

en verlep dit in die weemoed van vroue mishandeling, want daar's soveel beeldskoonheid wat ongesiens in die wêreld vergaan. Niemand weet dat daar hemelse prag op aarde's nie, want die misleiding van swyg's soos 'n doring in die vlees wat geen mens kan verduur, maar probeer om 'n goeie trag daaruit te vind. Dit kweek net meer ellende, verdrukking en lyding, want om te swyg as 'n vrou mishandel word, is 'n stille vloekwoord na die Here, want Hy kan nie ag slaan op so 'n hulpgeroep as mens nie praat nie. Alhoewel Hy luister, verafsku Hy 'n mond wat swyg en dieselfde mond roep Hom aan. Dis die blinde leuen van 'n vrou wat swyg as sy mishandel word. Geen mens kan so 'n gemoed opbeur nie.

Hester het besluit om heimlik te vlug. Haar tas is gepak en sy't net gewag vir die tweetjies om van die skool af te kom, maar toe ontdek Marko dat daar 'n slang in die gras is, en hy word baie aggressief en vra: "Waarheen is jy op pad?!"

Hester hakkel en sê bewerig: "N-nêrens, n-nie Marko. Ek gaan hierdie ou klere aan die kerk doteer, vir aalmoes vir die armoedige en sjofel mense by die kerk wat geen inkomste het nie."

"Jy lieg!" skree Marko woedend en slaan Hester met die kale vuis op haar mond dat haar bo-lip oop soos 'n kloof skeur en hy wurg haar, maar sy miserere.

"Marko, jy moet my glo. Ek sal niks doen om jou so woedend te maak nie!" Sy stoot hom van haar bors af en probeer vlug, maar hy's te rats vir haar, vang haar aan die regterenkel, en trek haar grond toe.

Dis toe wat hy haar met 'n Japanese-dolk, wat hy in Japan gekoop het, op die gesig kap vanaf haar

224

linkeroog, oor haar neus, tot op haar twee lippe. Sy sidder van angs en pleng 'n tranedal, wyl hy spesiaal sy klere uittrek om Hester te looi. Hy het haar 'n wiks gegee dat die bloed uit haar neus stroom, gesig's geskend en wyl sy lê, spring hy op haar kop om haar bewusteloos te kry, maar hy het gly en val.

Sy hardloop na die boonste verdieping van hul luuksueuse huis. Haar klere is gewaad in bloed, soos 'n lam wat op pad is na die slagter toe. Sy haaspootjie op na die boonste verdieping in gehyg en is opsoek na uitkoms, maar sy gluur deur die gleufie van die witgeverfde deur en ontdek hoe nalatig sy was. Haar enigste vleugie van hoop, 'n roos in 'n pokaal, dor en verlep in 'n versengende pokaal, en uit doodsangs sak sy inmekaar en verloor haar bewussyn.

Marko het agter haar aan gehaas en wou nog omgang met haar hê wyl sy bewusteloos lê, maar met 'n skrikwekkende fnuik van hom het sy dood gespeel. "Dis genoeg!" sê sy vir Marko.

Met dieselfde Japanese-dolk waarmee hy haar gekap het, steek sy hom in die hart en fluister in sy oor: "Vandag is jy die slagoffer van 'n mishandelde vrou van "Gender Based Violence" Vrek, jou vark!"

Die bloed gulp uit Marko se mond soos 'n emmer water wat uitgegiet word ver langs 'n dor en verlepte roos wat hyg na water.

Na twee maande het 'n mishandelde joernalis en Hester saamgespan om 'n boek oor mishandelde vroue te skryf en hulle ellende daarin verduidelik wat agter geslote deure gebeur, wat nie met woorde gesê kon word nie.

Hester het die plakkate gevat en vir die media gesê: "Dit is ware mishandeling, en geen grimering nie."

Sy het terug na haar mamma se huis getrek. Daarna het sy en haar twee kleintjies na Johannesburg toe getrek en daar het sy 'n aktivis vir mishandelde vroue geword.

"Stilbly vir mishandeling, is om die dood te verwelkom, om jou te verneder, en jy voel veilig in die arms van 'n engel van die Satan," het sy gesê.

Die plakkate het hul verhaal vertel en baie vroue het vorendag gekom en hul monde oopgemaak om vroue mishandeling te bekamp ...

Vandag vroue, as julle gehoor wil word, moet julle praat ...
Die stilte van 'n mishandelde vrou, is soos die dood se vriend.

Die nonneduif

'K hebbe 'n droom, al is 'k blind
En was geen ouer se kind
Met my wig-kombersie, sjofel, op die straat
Was 'k hoerlaboerla, en hebbe geskrei na tuiste
En my eenling siel was my beste maat
En die wêreld hebbe oor my gesig geaai met harde
vuiste.

Spu 'k in jou gesig, as 'k jou wil soen?
Lyk 'k skrikjaend, soos 'n Allerheiligeaand-pampoen?
Is dit delik, om my naam te dra?
Of's my glunder, 'n wiek in iemand anders se gesig?
Vloek 'k jou, as 'k vir hulp, in my nood vra?
Wie's daar vir wie 'k kan van my droom verwittig?

'K marsjeer soos 'n krygsman, met bladsy en pen
Op soek na 'n vreemd'ling, wat miskien my gesig of
naam sal ken
Met 'n pouper-alfabet, wille 'k mens se hart met my
gedigte verryk
En gebruik die kuns van my bellettrie en potlood
woordeskat
As 'k 'n poging aanwend om my doel in die lewe, te
wille bereik
Is 'k opsoek maar in my, na daardie hemelse verlore
skat

227

My fatsoenlikheid: wie sal dit wille beskadig?
Wie soen my op die wang, met 'n snerp soeffe
moorddadig?
Wie sal my droom van my gebroke feministiese hart
onthef?
Al glimlag 'k met 'n beeldskone gesig, opgetooi, soeffe
vroom
Sal Hy my lonk, as 'k my gesig, na Sy hem'le ophef
Sal 'n non vir Hom aanneemlik is, 'n Gemaagde-non
se droom ...

Sy strykloop van doodsangs in die duisternis van die nag, in die drasserige en benewelde strate. Op pad na haar hotelkamer, gewaar sy onderdeur die duikweg van Port Nolloth-stasie, drie skadu's wat vlugtig haaspootjie hardloop, terwyl die spierwit maanlig oor haar glinster, asof sy 'n sterblom is wat op verhoog vertoon word, want sy's gewaad in 'n vlootblou-reënjas, met 'n vrouemus, wat haar blonde kuif swier, soos 'n beeldskone serafien, wat behoedsaam skrede om net by die huis te kom, want die kilte aand laat haar net peins oor 'n warm bed en 'n koppie koffie voor haar Bybel.

Ja, sy het maar altyd die dommel gehad om 'n non te wees, en het gedigte ook geskryf oor die verhouding tussen 'n man en 'n vrou, soms romanties, soms net om feministies te spog oor hul beeldskoonheid en fatsoenlikheid, hoekom die vroue-spesie, die mooiste spesie is wat God geskep het na Adam.

228

Sy's 'n weeskind wat grootgeword het in 'n nonneklooster, waar beide haar ouers in 'n motorongeluk dood is, en sy was maar nog 'n wig, maar het geglo dat sy verantwoordelikheid het om haar lewe volheid te lewe en om verlede in die verlede te los. Sy was gemaagd, het sy nooit gedommel om 'n minnaar in haar lewe te hê nie, want die abdis wat haar benede 'n ysterhand grootgemaak het, het haar laat glo, die mans soek net een ding en een ding alleenlik, en wil net hul eie selfsugtige behoeftes bevredig, maar is nooit ywerig vir 'n langtermyn verhouding nie.

Sy's 'n haar middelbare leeftyd en is van die dames wat baie geheg is aan kinders, maar het nooit gedroom om een te hê nie. Op pad huis toe, deur die stil en goor duikweg wyl sy asemhaal, kan sy net die wasem sien wat uit haar mond kom, maar niks voor haar nie.

Soos sy bo op die duikweg kom, stop drie jong mans haar skielik, en vra: "Wat dool so 'n mooi en aantreklike meermin soos 'n watergees rond wat op soek is na een of ander rivier om haar hart te ruste te lê, hierdie tyd van die aand?"

Wyl die ander twee, een aan haar linkerskouer, een aan haar regterskouer, agter haar staan, soos 'n engel op die een skouer en duiwel op die ander wyl hulle haar parfuum ryk. Sy het haar rymkletsboek voor haar boesem gedra, want sy glo, skryf 'n gedig uit die hart dan sal die kale woorde 'n hart met blydskap gewaad as dit ween.

Sy antwoord niks en loop aan, maar die voorste een stop haar in haar spore, en sy sê: "Ek wil net by die huis uitkom, dis al. Moet nie in my pad staan nie, want ek het nie tyd vir julle kinderspeletjies nie. So staan uit my pad, seblief?"

Hy maak toe oop vir haar, en net toe wat sy dink sy kom vry, gryp hulle haar die donker steeg in. Wyl sy skrei en hyg, ontklee hulle haar en sy word herhaaldelik daardie aand wreed verkrag. Die tranedal wat sy pleng het tot in haar mond gestroom en sy het die siltigheid van haar foltering geproe.

Sy het daardie oggendstond in die stort geween en die bloed het haar bene afgegulp soos 'n onstuimige stroom van die groot waters van die see. Sy het die volgende oggend 'n elegie geskryf, wat van haar wee vertel en dit 'Dor en verlepte drome' genoem.

DOR EN VERLEPTE DROME

Wie sal die wee van fatsoenlikheid ken?
Wie wille verkragte hart in tranedal wen?
'n Gebroke godin, wat onthef is, van haar ridder
Duisend keer verkrag!
In die duister nag!
Wyl sy hyg en in haar drome van angs sidder

Benede duisend sterre wat op die dromer waak
Hoe kon die folt'ring van 'n pedofiel, haar hart
aanraak?
Haar sjofel siel, soeffe pouper, in die kilt'ge windjie
alleen
Niemand weet sy skrei!
Wie sal haar wee karwei?
Want sy't gedog, dis somer en dit sal nimmer reën

Sy ruik steeds die walm van haar verkragter
Sy was ook gesodomiseer, O Heer, van agter
Sal haar nagaande hart, ooit die pyn kan stil?
Sy's met hebsug vergoed!
Melankolie, haar kers se gloed!
Want as sy bepeins, oor haar weemoed'ge ontbering,
verword haar hart kil

Sy vertoef vir 'n polfyntjie van 'n hemelse wig gerubyn
Wat haar sal red daaruit die foltering, wat haar laat
kwyn
Sy pluk 'n rooi roos en word deur die doring genyp
Ja, in drome wreed verkrag!
Waar kry sy die volmag?
Dat sy haar doodskadu, met toorn bekruip ...

Gewaad in 'n swart leerbaadjie, swart leerbroek, pikswart grimering om haar ylblou oë, 'n rooi roos wat haar gepriem het bebloed in haar regterhand, en sy hoop sy tel haar hart, in stukke, iewers by die afgryslike plek waar sy verkrag is op. Wyl die bloed van haar sagte palm, oor haar pols na haar elmboog gulp, staan sy in die stortreën en in haar bepeinsing, reën sy nat.

In die wind vlaag dool sy onrustig rond en soek na raat vir haar gebroke hart, want sy is te gebroke om na die nonneklooster te gaan. Sy tuur in haar weemoed na die stortreën en die benewelagtige en goor firmament, wat blyk of die hemele toegesluit is, en kry heugenis van hulle gesigte en hoe hulle jolige-bulderlag oor al die snood dade wat hulle haar gewetenloos aangedoen het.

Sy voel verward en soos 'n roos wat uit die walglikste drek moet gedy en die weelderigste en pragtigste blom van al die blomsoorte word, gelonk deur die blinde wat nie haar gepleng van waterlanders aanskou nie, as sy skitterend gepruik is in dou, met 'n paar sneeuvlokkies op haar beeldskone rooskolf en dorings. Al wat sy het is net haar dorings van sjarme, om haar hart teen die storms van die verwording van haar verkragting te beskut.

Haar boesem voel verontwaardig van vertroue en liefde terwyl haar elke sterlingsilwer traan 'n flonker in God se Oog skitter en uitroep in skrei na hom, want daardie gruwelagtige nag het sy die 'Ons se Vader' gebid, laat haar verkragters hoor, wyl hulle haar met wellus verkrag, en littekens op haar hart en siel graveer, dat sy 'n slagoffer van verkragting was.

Wat haar laat kwyn, is dat sy 'n maagd was en dit is haar ontneem, soos 'n paleis wat 'n skat verloor, en al was dit omring met grag, was haar enigste waardevolle skat van fatsoenlikheid gesteel en tot niet gemaak.

Sy strykloop deurweek van die reën huiswaarts en in haar eensaamheid tuur sy in die spieël en skryf 'n gedig wat haar laat voel sy het darem nog iets goed oor in haar, iets soos onkreukbaarheid, en dat knies haar niks gaan baat in haar weemoed en ellende nie. Die gedig was genaamd: Soos 'n oniks.

SOOS 'n ONIKS

'K hebbe gefladder en oor die hem'le gesweefhang

232

En laat my verguld gevederte, die asuur met goud
bedek
Waar geen menner my kan lei, met sy stang
En 'k hebbe in suiderligte se prag, gegluur en vlieg
deur hemelse hek
En benede my vleuels, knus en wuif die bries van
sefier
Tussen beide serafiene en gerubyne hebbe 'k my
oniks-pluim geswier

So ver as wat die Hemelstraat skitter, as wat die oog
kon sterrekyk
En met sy afgetrokkenheid van fantas heuglik bekoor
Hebbe daar skrikwekkend 'n mistral gevlaag, wat laat
'k moet in wee beswyk
En my gepluis van pluim, soeffe adret het sy flonker
skielik verloor
Met gebreekte vlerk, hoog oor die hemelruim
Word 'k gemoor, en hebbe my beeldskoonheid
versuim

'K hebbe geval op 'n skroeiwarm en versengende rots
Net by die oewer van die rivier se soetvloei'nde vliet
En soos sy beek, flenters, teen die klippe klots
Soeffe hebbe 'k my veerkrag en fors, van lewe uit
gegiet
En op 'n akasiabos, soos my pluim verspreid en op
genyp, op die dorings was
Was daar net 'n doodskadu, oor my oniks as

Ek's wel op my knie gebrog, om te verword

Maar als reken op, hoe lank 'k daar wil vertoef
En of 'k my hart met veerkrag van eng'le gaan
omgord
Dan moet 'k my hoof, reg aan my skouers skroef
Maar 'k sal nie opgee nie, laat niemand my sê ek's
nie goed genoeg of niks
En uit my eie as, sal 'k opstyg in die hoogste hem'le,
soos 'n oniks'

Erika Gous het die volgende dag, een van haar verkragters gewaar, en het onderduims hom na sy huis toe agtervolg. Sy het daar gewag tot hy weer uitkom en hom agtervolg tot waar sy vriende tuis is. Sy het wraaksugtig na hulle getuur en agtervolg, oral waar hulle heengaan en hulle doen en late bemeester. Sy het foto's begin neem, en dit op haar kamer se mure geplak en al hulle dinge gefynkam oor hoe hulle lewe. Sy het haar hare pikswart getint, kontaklense ingesit, sy het haar hele gedaante verander en haar stemtoon soos 'n serafien verander.

Sy het in die nonneklooster gesluip en 'n hooftooisel en rok gesteel. Sy het tot in die nonneklooster se roostuin 'n rooi roos gepluk en dit opgehang met die foto's van al haar verkragters. Sy het met die een se bure se dogter bevriend geraak toe sy by die biblioteek gaan boeke haal, om nader aan hulle te kom ...

HOE KAN?

Hoe kan my teenstanders?
Dieselfde suurstof inasem, soos ek

234

Wie hebbe geag op my waterlanders?
Toe wat my liefde in my hart vrek

My bloedbelope tuur na my vyande
Vul my hart met wraaksug, vir elk' traan gegiet
'K sal my vermei in hulle ellende
As 'k hulle maak tot niet

O Heer, laat hulle miserere sonde word?
En hulle U aanroep, soos hulle U Naam belaster
Laat hulle in doodsangs sidder en kranksinnig
verword?
Laat U eng'le hulle vervolg van agter

Die dood is my vakansie
'K sal geen oog rus gun, of toemaak
Hulle bloed, op 'n rooi roos-dis my kwitansie
As hulle U genade verew'g versaak ...

Sy het tot by die kollege hulle agtervolg en het by 'n tweedehandse winkel, messe, kleefband, tou, kettings, mop en besem, en emmer gaan koop, toe loop sy die abdis raak.

Die ken haar so goed soos die palm van haar hand en sê: "Goeiedag, my engel, wat maak jy dan met al hierdie goed?"

Skrikwekkend sien sy dis die abdis van die nonne-klooster wat haar grootgemaak het.

"En waar's jy so skaars?"

Erika wil uit in trane uitbars, maar wil nie Moeder Wilmien ontstel nie en sê: "Haai ma, dis vuil daar by my

235

en 'k moet 'n bietjie skoonmaak, want my hart kan nie so in vullis lewe nie."

"Dis reg so, my kind." sê die abdis wyl sy van die supermark afkom. "Skoonheid's langs Goddelikheid," soengroet die abdis vir Erika, maar is onbewus Erika het van haar verkragters gepraat.

Sy het 'n traantjie gepleng toe wat sy weg van haar abdis loop, want die wou haar 'n non laat word, maar hoe vertel jy die abdis, jy's nie meer 'n maagd nie, maar verkrag?

HEIMLIK MY FOLT'RING

Hoe vertel 'k my moeder, ek's verkrag?
En hoe moet 'k die woorde van trane spreek?
Hoe lonk 'k 'n roos met leepoog elk' dag?
As my hart net op my verkragters wille wreek

Geprikkel deur 'n duisend dorings van 'n roos
Wat soos hakiesdraad, my hart verhinder
Al my drome's tot niet en gemoed voos
En die flonker, skrei in 'n waterlander

By die klavier by mamma se voet
Daar hebbe 'k na haar musiek geluister
Wat hebbe my hart delik voor God gedoet?
Dat trane 'n elegie, in my hart se oor fluister
Neem 'k my flot'ring saam na die graf?
Begrawe 'k dit met my en rose rooi?
Sal God my daaroor veroordeel en straf?
As my hart 'n ouwyf is en ek's geplooi

Is daar 'n skeiding, tussen hel en dood
Want al die duiwels van die hel's hier
Sal mamma my sien ween in barensnood?
As 'k 'n opgeruimde-glunder voor my verkragte siel
swier

Sal die spook van verkragting my ewig besoek?
As my beeldskone aangesig lelik in die spieël raak
Ja, 'k hebbe my geboortedag lankal vervloek
Maar my verkragting? Wie sal dit traak?

Dit verslind my soos Kanker
Net as 'k van my folt'ring swyg
In weemoed van rou's 'k gewaad en geanker
En dis na verlossing, waarna 'k ewig hyg ...

Daardie aand toe's Erika geklee soos 'n nimf wat in
haar prille jeug is, in 'n swart minirok, wat haar
fluweelagtige dye swier, soos dit uitgekap is, soos die
bou van 'n paleis, haar spitse boesem's soos die
koning en koningin van Engeland wat op hul troon in
majestueus sit en oppermagtig heers, oor haar plat
gepluisde maag met haar skitterende nawel – gepriem
met 'n nawelkrabbertjie, wat glinster soos 'n Sirius. Die
Hondster en haar godin maag omgewe dit soos grag 'n
kasteel behoed en dit betaam, wat soetvloeiend is soos
die kaskade van 'Kaar-van-Gavarnie' in Frankryk wat
oor die gebergtes soos 'n kristal laat flonker.
Rooi lipstiffie, 'n brunet, wat die beeldskoonheid
van 'n roos oortref, haar styl hare's gepluis soos 'n
vosperd wat skitter benede die nuwe maanlig, soos 'n
pragtige serafien, adret opgetooi, om net een aandjie

237

uit die hem'le te kry, om die kuns van liefde te bemeester

Erika spuit haar luukse Eau de Cologne genaamd, 'Victoria Secrets', baie eksklusief, wat die teenoorgestelde geslag met wellus nader lok. Sy's op pad na die diskoteek, om een van haar spesiale charismatiese minnaars tegemoet te gaan, om lekker te vly en kafoefel, want sy glo 'n soentjie stil die pyn, maar liefde maak al die pyn tot niet.

Sy gewaad haar slank bene met pikswart broekiekouse, wat die strykloop van haar hemelse kalfies vertoon, wat haar intog open na die dansvloer en dis alle oë op haar, terwyl almal die pad oopmaak vir haar na die dorserige dansvloer, wat gulsig is om jou lyf 'n lekkertyd te gee wyl die wêreld daarbuite rondomtalie draai.

Soos die musiek speel gewaar sy haar verkragters, al drie om die tafel sit, en kop aan kop gulsig na haar lonk. Sy ontklee haar leerbaadjie en gee dit vir die baie aantreklike jongman, wat hals oor kop op haar beeldskoonheid is. Sy begin eroties dans om haar verkragters aan te lok met 'n vooroorbuig en haar enkels aai tot op haar knieë, en so wulps na hulle gluur.

Haar hart sing 'n ode en die ligte draai om haar soos sy dans, want sy's 'n dame wat beminlik is op avontuur en het nou haar hart bevry, om luimig te dans.

In haar hart neurie sy:

MY FASADE VAN VREES

Vanaand sal 'k dans
Dans met die duiwel, tot sonsopkoms

En vergeet van my bestaan
As die dood my omgewe, en skimmeryk om my drom

Die rooi roos rou en ween
Elk' keer as 'k vereelt bloed vergiet
Die kou dood en jou sjofel siel alleen
'K maak jou hart se lewe tot niet

In die doderyk is jou naakte siel gestoor
Verlore en vertoef vir oordeel tot skimmeryk
Jy't jou welgeluksaligheid, met rampspoed verloor
As jy afdaal na Satan se koninkryk

Hoe omskrywe 'k die uiteraard van wraak?
Met watter hart, word dit karwei?
As dood jou gewaad-siel soewe naak
En in jou ritsel, gehyg van dood, moet 'k in gramskap
vermy Jou naam's in bloed geskrywe teen die wit
muur
Waar 'k jou siel meedoënloos gaan moor
En wyl die eng'le na ons tuur
Moet jy nog jou siel ewig verloor ...

Sy gluur deur haar swart hare en roep met haar wysvinger een van haar verkragters nader. Hy spring op, trek sy baadjie uit en begin om haar te kaperjol soos 'n kangaroo wat om 'n kangaroepoot plantjie askoek slaan. Hulle twee begin samba laat die stof van die teëlvloer skud, in mekaar en sy verketter hom met wellus tot sy hom om haar pinkie kan draai.

Sy fluister in sy oor: "Jou plek of myne?" Voor hy nog kon antwoord, sê sy: "Ek weet van 'n plek waar net

239

ons en die duister nag is, onder die naakte maanlig wat glinster in die vywer, en die wateruintjie floreer daarom."

"Ja ..." sê hy, en hy gryp sy baadjie by sy vriend en haas daaruit soos een wat 'n vlugteling is, en hy het net een kans om die wêreld te ontvlug.

Sy vriend vra hom nog: "Waarheen!?" maar hy glunder en haas daar weg.

In die stilte van die nag, dool hulle in die kilte woud na die vywer en Erika se oë raak bloedbelope, want sy was omtrent dertig voet daarvandaan verkrag, en al die gruwel flikker voor haar terwyl sy en hy na die vywer stroom.

Hy vra haar toe: "Wat's jou naam? Ons het nog nie eens kennis gemaak nie."

"Erika Gouws en joune?" vra sy ewe nuuskierig net om te sien of hy die waarheid sal praat.

"Jako van der Heever," sê hy terwyl hulle altwee bibber van die kou mistral wat vlaag asof die na 'n verlore skat op soek is.

Dis te kiltig daar en sy lok hom toe na haar woonstel, want langs haar aan die regterkant, bly 'n ouwyf wat halfdoof is, en aan die linkerkant 'n enkel moeder en haar seun, maar hulle's vir twee weke op vakansie saam met vriende.

Hulle sluip by haar woonstel in en hy maak hom gemak op haar rusbank en hy tuur na al die skilderye wat teen haar muur hang soos 'n kunsmuseum; van 'n vrou wat trane pleng en die kindertjies speel agter haar, terwyl die skepeling heen en weer wegseil oor die silte see. "Waarvoor ween hierdie dame?" vra hy.

Erika sê: "Noem dit, *Die Askeet* ... As jy bereid is om als op te gee of om te verloor om oor te begin, als waarvoor jy geswoeg, gehyg en naderhand by die dood 'n draai gaan maak het: Neem dit koerasie om vir iemand te sê jy was verkeerd, ongeag hoe naby jy is om jou doel te bereik. Kyk, daardie vrou ween nie vir die skepeling wat wegseil nie, maar vir die tyd wat sy gemors het om iemand te waardeer, en die tyd kom nie weer terug nie. Dis soos pêrels wat jy uitgiet na die varke, want tyd is kosbaar en jy moet elke oomblik daarvan soos 'n skat behandel. Die rykdom daarvan is – maak 'n vreemdeling glimlag, dis al."

Hy gaan staan toe agter haar en soen haar in die nek, en sy voel libidineus, terwyl hy haar leerbaadjie ontklee en hulle vly soen-soen na haar kamer. Hy lê haar neer op 'n roosbed met wit linne oorgetrek, asof dit hul eerste aand van gemeenskap is en hulle vry laat die spoeg so spat.

Sy draai haar om om op hom te sit en soen hom op sy maag, ontklee hom en lonk sy koetsbouer borskas soos sy spiere inmekaar gevleg is. Hy maak sy oë toe en laat sy op sy gespierde borskas dartel, want dit is elk' beeldskone vrou se speelplek, om haar hoof daarop neer te lê.

"Hoe-oe!" kir sy om hom te laat ontspan. Sy trek traag haar dolk uit wat benede die wit kussing lê en klief sy adamsappel oop dat die bloed daaruit gulp. Hy gryp na haar soos sy die roos in die pokaal wat op haar bedkassie pronk neem en onder die gieting van die bloed hou. Terwyl dit daarop kieza, vermei sy haar en snou na hom, soos hy snik en hyg na asem, ontbloot sy haar.

"Hoekom het jy by daardie siltige-rivier weer kom water drink, wanner jy weet dat daar 'n watergees, wat jy verkrag het, in is?"

Hy peul sy oë uit en ontdek dis vir haar wat hy en sy twee vriende verkrag het, en hy blaas sy laaste asem uit terwyl sy die bebloede roos opvysel en fluister: "Die Soet Roos van Saron het Hom op Sy vyande gewraak!" terwyl sy 'n tranedal pleng en ween oor wat die verkragting haar laat doen het.

Vroeg die lumier rooi môrestond het sy skoongemaak en sy bebloede liggaam van kiekies geneem en in linne toegedraai en dit begrawe in die nonneklooster se tuin.

Sy het toe verder 'n ode aan haarself geskryf en dit op die muur geplak saam met die foto's van haar verkragters, en toe sing sy dit:

PARFUUM VAN WRAAK

Die soen van wraak!
Hebbe die soetste smaak!
As die sidder en doodsangs my vyand omgewe
En sy hart klee die vrees, soos roukleed
En sy siel tril van alle leed
  Hyg hy na vergifnis, en in femel bewe

Soos 'n goue skat's wraak!
Wat kan mens alles, met sy rykdom maak?
Niks anders gaf my die roemryke eer
Om sy hoop en drome tot niet, te maak
Die dood en skimmeryk hebbe hom getraak
En sy sonskyn hebbe ewig verword in goor-onweer

Die geur van wraak!
Hebbe die hart se soetste smaak!
My hart's swanger van alle kwaad
Wat moor voortbring, en aan dood die lewe skenk
'K giet al my hebsug uit, my siel is gekrenk
Al waaroor 'k peins, as 'k word in my foltering
gesmaad

Wie bemeester die Kuns van wraak!
Wie durf proe, hoe dit smaak?
As wraak die lewe aftakel
En jy word soos 'n gewaaide blaar verskrik
Is jy soos 'n droë stippel, as kaf beskik
Wanneer die guillotine-wraak, jou lewe ewig afskakel

Dit begin in tranedal: Soete wraak!
Een brokkie: En jy min hoe dit smaak!
O Heer, skryf my sonde op, teen die hemelse muur
Laat die bloed wat 'k vergiet, daaroor stroom
Want wraak, proe soos heuning in 'n droom
Dis my gesoebat, in my vyand se benoudheidsuur

Die graf brog einde aan wraak!
Vir wurms is my vyande gemaak!
Naak word hy, in die skimmeryk gegiet
Sy hulpgeroep is weggeruk, deur die vlaag van
stormwind
Hy's in duisternis ewig met swaar kettings gebind
En wat daaroor was van wraak, is tot niet ...

Die polfyntjie van wraak!
Stel 'k soet aan die kaak!

Ek's maar net 'n ruspe alleen
Wraak hebbe my, na jou gelei
Om in jou dood, my te vermy
As die bloed, op my rooi roos soos kieza reën ...

Dit is wat deur Erika se denkbeeld rondgedool het, onderwyl sy en haar verkragter in haar woonvertrek sit en gesels oor die skilderye wat teen haar mure hang. Skielik hoor sy 'n bulderlag en gaan bespeur deur haar venster wat na haar voorhek uitkyk en gewaar niks, maar net die rooskolwe wat fladder en juig in die dans van die mistral, asof die kiltige-mistral vir die roostuin 'n liedjie van wee sing.

Onwetend het sy ander twee vriende hulle heimlik agtervolg, en Erika was onbewus van die verergerende-saak-scenario wat op haar wag, want hierdie drie het onderduims gekonkel, om haar vir die tweede maal te verkrag. Hemel weet alleen hoe hulle opgemerk het dis sy. Dis maar 'n ou sport van hierdie drie rampokkers, wat jongedames agtervolg, bedwelm maak en verkrag.

Stilletjies sluip die twee deur haar kamervenster, terwyl sy langs Jako op die rusbank gaan sit. Sy voel iets is nie reg nie, maar kan nie haar vinger daarop sit nie, maar moet ook kalm verkeer, sodat Jako nie uitvind dis vir haar wat hulle daardie aand so brutaal verkrag het nie. Hy vra haar toe: "Kan ek jou toilet gebruik ... seblief?"

"Sekerlik, ja!" sê Erika, onbewus sy's omgewe met haar verkragters benede een dak en alle hel gaan losbreek.

Sy staan toe op en gaan na haar kombuisie om 'n lemoensap te gaan skink en hoor iets val in haar kamer. Sy haas na haar kamerdeur wat op 'n skrefie oopstaan, gluur deur die gleufie en stoot die deur baie versigtig oop, wyl dit kraak op sy bros skarnier en die stilte in stukkies breek.

"Ugh!' skrik Erika toe Jako skielik agter haar staan.

"Wat's fout?"

"Nee niks, ek dog ek het iets gehoor val, maar los liewer, dis net my verbeelding," kap Erika af.

Hulle loop stadig na haar woonvertrek. Jako ruik haar parfuum en sy kyk om na hom. Hulle gesigte trek na aan mekaar, en net toe hulle wil soen, trek Erika haar mond weg.

Hy vra vir die tweede maal: "Wat's fout?" en aai oor haar hare en gesig om haar te soen terwyl haar oë skitter benede die kroonkandelaar wat in haar oë glinster.

"Ek kan nie!" sê-fluister Erika en sug.

Net toe wat sy weg wil draai, gryp Jako haar en werp haar op die Persiese-tapyt om haar te verkrag. Sy slaan hom teen die kop met die pokaal wat op haar moire'-tafel staan. Skielik uit die bloute verskyn sy twee vriende en hulle probeer haar vang, maar sy haas hygend daar weg na haar slaapkamer en hulle agtervolg haar. Sy probeer die deur toedruk, maar hulle's te sterk vir haar en forseer die deur oop, neem haar en karwei haar na die woonkamer.

"Verbode vrugte smaak soet, en dis waarom ons die tweede keer die stroop van jou lippe kom aflek," sê Jako terwyl hy die bloed van sy voorkop afvee, en sy belt losmaak om Erika te wil verkrag.

"Wag eers!" swets Tom, Jako se vriend. "Ek het 'n beter plan ..." fluister hy en wys met sy groen oë na haar slaapkamer. "Daar's 'n roosbed gemaak ... Sy sal daar haar poorte vir ons oopmaak."

Hulle tel vir Erika op en dra haar na die slaapkamer, wat gewaad is in rooi roosblare en sjokolade wat op die bedkassie lê. Sy's oorval met grief en sy smoor van die hittegolwe van die lig. Die doodsangs laat haar ingee, en al wat deur haar nosie dool: die kiltige aand toe hulle om haar bulderlag.. Al wat sy kon gewaar was die maanlig wat ween en die nimbuswolk wat haar hoop vir die volgende dag belemmer. Sy word skytbang vir die dag van môre en wil daar inmekaarsak, want als wat sy gedommel het oor, word in 'n oogwink tot niet gemaak.

Hulle skeur haar klere van haar lyf af, dan haar pikswart broekiekouse en trek haar gordelbroekie uit. Sy sidder en skrei van angs en sê 'n kort gebed in haar gedagte op, maar voel die koue hande van Jako oor haar bo-been aai en haar wreed verkrag. Dit val haar by, die mes wat tussen haar kussings onder die bulsak lê ... Sy neem dit steelsgewys en steek Jako in die hartpyp, dat hy ritsel en bloed spoeg.

Tom en Stefaan probeer die mes van haar af te kry en hulle stoei met Erika op die kamermaat. Soos Tom haar wil wurg, steek sy hom in die nek, want Stefaan het haar regterhand probeer vasklem, maar haar hande was te glibberig van die sweet. Sy het dit uit sy klou geworstel en kans gekry om hom te steek, maar hy wiek haar.

Jako snik en hyg en vra: "Help my ... help my!? Ek voel koud," terwyl die bloed uit by sy mond gulp soos 'n onstuimige siltige-golf wat hom teen die versengende rotse flenters klots en gewaad die rots met die glinster van sy vliet, so is Jako se klere, nek gewaad in bloed en hy snik in sy eie plas bloed. Terwyl die lig vir hom dof word, verword hy van die steekwonde en sterf.

Toe Tom dit sien, word hy baie kwaad en sê vir Erika: "Nou sal jy vrek!"

Die kamer's deurdrenk in bloed, asof *Die Slag van Bloedrivier* daar kom jakker het en bloed teen die wit mure geklots het en op hulle klere gekletter het.

Sy byt Tom se hand. Hy los haar en sy hardloop na haar kombuisie en neuk vir Stefaan met die koekroller oor die kop, breindood, dat die bloed uit sy neus stroom soos die Victoriaanse kaskade, en val hy morsdood. Tom neem die koekroller van haar af en sy reik uit na die kombuis gereedskap: 'n stel messe wat in 'n houtblok gereed staan om geneem te word, maar die ligte taan en sy hyg na asem en voel dis die laaste respireer van haar lewe. Haar kinderdae in die nonneklooster flikker voor haar en sy sak inmekaar, maar het onderduims 'n mes geryp en Tom in die bors gesteek. Sy kwyn weg van die verwurging en verloor haar bewussyn ...

Drie maande later word die nonne ingesalf, en hulle word bekendgestel aan die nonneklooster.

Daar kom toe 'n dame wat in 'n pikswart rokkie geklee is, en 'n swart hoed met 'n net wat oor haar aangesig bedek is. Sy strykloop na die kansel met 'n rooi roos in die hand en gluur na die abdis en word ook ingeseën as 'n nonneduif.

Die abdis knik haar kop en fluister in haar regteroor: "Bloed was alles wat swart-bevlek is, spierwit."

En sy ophemel die rooi roos wat glinster in bloed
en aanvaar die toekenning as nonneduif.

Niemand het nog ooit weer van Erika gehoor of
gesien nie, maar daar's gerugte dat haar gees nog in
die nonneklooster rond dool, maar dis net gerugte ...

OORDEEL MY NIE ...

Oordeel my nie ... seblief?
Vir my foltering, wat 'k ondergaan
Hebbe my op my swakste lief?
Aanskou die ellende in my traan
Waar kan 'k vir hulp, heengaan?

Oordeel my nie, as 'k treurig skrei
Want my volmag hebbe ingegaf
'K kan nie maar net vermei
As my opposisie neerdaal in die dorre graf
Betaam hulle hebsug, die grimmige straf!

Oordeel my nie, tot die dood?
Vir my fnuik en vir my delike faal
My vyande se dood, is my botter en brood
As 'k hom die skimmeryk laat behaal
'K wreek sewe maal sewe-en-sewentig maal!

Oordeel my nie, as 'k moor?
Dis een siel, wat my laat kwel
Luister na my miserere, met U Heil'ge Oor?
Want net in bloed vergiet, kan 'k my saak stel
En van my hart se verlang vertel!

Oordeel my nie, vir my trag?
En wat 'k als opoffer, om te doet
Oordeel my nie, vir my robuus van veerkrag?
Laat 'k maar vir my fnuik boet?
Want wraak's stroopsoet

Bendeverwant

Rashied en Rashaad Staggie is tweelingbroers en die leiers van die mees-gevaarlikste bende op die Kaapse Vlaktes, genaamd, Die Hard Livings. Hulle het die bende ongeveer 1976 gestig, en het in 'n leë halfgeboude huis gesit, terwyl dit stortreën.

Rashied het 'n stukkie hout gevat, dit by die vuur aan die brand gesteek, en gesê: "Ons is Hard Livings …" en toe vra hy: "Wat is ons ouens?"

Die mede-bende, met sy tweelingbroer ingesluit het geskree: "Ons is Hard Livings!" Hulle het in 'n kartondoos gewoon en het die spreekwoord *"Living in a box"* daarvandaan gekry. Die Hard Livings het sedert reg oor die Kaapse Vlaktes en Wes-Kaap versprei. Vandag is hulle die mees gevaarlikste straatbende wat die onderwêreld en strate regeer.

Hy lê op die groen kragbron, wat voor die bakery is, terwyl die Hard Livings-bende daar saamdrom en 'n plek van samekoms maak. Hy het die drang en dommel om een van hulle te word, maar nog 'nat agter die ore' en wou graag luistervink speel oor wat hulle daar onderduims gesels, maar hy hoor so vaagweg dit gaan oor bende-oorlog teen die Junior Cisko Yakkies-bende, in die Forest Village-streek, Eersterivier op die Kaapse Vlakte en hoe hulle komplot om wraak te wil neem.

Oupa, 'n boesemvriend van German, 'n mede-bendelid van die Hard Livings, ontdek toe daar trek 'n geel Mazda 323 op, wat se musiek 'n helse lawaai maak. Die drywer klim uit sy motor, en omdat hy vir German ken, sluit hy nie sy motor nie en groet vir German vlugtig en haas die bakery in. Onbewus stuur German vir Oupa om die motorradio te steel wat oorkant die pad van die bakery staan en hard musiek speel. Peter sien die toneel afspeel, hoe Oupa die motorradio gaps en soos mis voor die son verdwyn.

Die drywer kom uit die bakery en verskrik vra hy vir German: "Het djy nie nou iemand daar by my kar gesien nie, want my "tape" is gesteel?"

"Nee, my broe," sê German terwyl hy saam met die mede Hard Livings-bende praat. "Ek het heeltyd hie' met die ouens gepraat, en niemand het niks gesien nie."

Hy loop verwonderd daar weg, maar is ook skytbang om vinger te wys na German toe. Na hy daar weggetrek het laat die stof so staan sê German vir Ricky, die maspaal van die Hard Livings in Kleinvlei, Melton Rose: "So kyk ek en Oupa maa' in die lewe waar ons kan iets kry, my broe, en hy's glad soos seep, my broe. Ek weet waar gaan ek hom kry," sê German vir sy mede-bendebroers.

Peter voel om 'n bende te wees is die in-ding, want hy het 'n paar jaar terug na die dokumentêre film van die Staggie broers, *Cape of fear* gekyk, en altyd as die kinders klaar 'n Kungfu-fliek gekyk het, dan wil hulle karate, maar Peter wil net 'n lid wees van Die Hard Livings-bende, die mees gevaarlikste bende op die Kaapse Vlakte. Hy't Hoërskool Malibu bygewoon, maar dis waarom sy lewe gedraai het. Hy wou na 'n ander hoërskool genaamd, Forest Heights Hoërskool gegaan het, maar sy stiefmoeder het daarteen geopposeer, want sy vriende was daar – almal lede van die Hard Livings-bende. Hy het ver van hulle af gewoon, maar het probeer om elke naweek daar te wees.

Hy het 'n laerskoolvriend genaamd Alvin gehad, maar die het ook later 'n mede-bendelid van die Hard Livings geword en hy het die naam "Daylight" gekry, omdat hy die mense helder oordag doodskiet. Peter was goed bevriend met hom en hulle het baie van mekaar gehou. As daar 'n bakleiery was, het Daylight hom as 'n Genuine School Boy-bende voorgedoen, om nie te wys hy behoort aan die Hard Livings-bende nie, sodat hulle met mekaar kan oorlog voer. Dan tree die Hard Livings in en maak beide van hulle tot niet. As iemand 'n foto van hom wil neem, dan swier hy die bende handtekening van die Hard Livings – die duim, wysvinger, en pinkie regop en laat sak die middelvinger en die ringvinger. Dit lyk soos *Ek's lief vir jou*, in domtaal.

Peter Arendse was vele kere deur sy vader en stiefmoeder brutaal gemolesteer. Sy pa het 'n rottweiler gehad wat hy gekoop het om die huis op te pas, dan moet Peter smiddae as hy uit die skool kom en iets vra om te eet, eers die hond se klomp bollings ontlasting optel, voor hy iets te ete kan kry. As hy dit nie gou doen nie, dan wiks sy stiefmoeder hom telkemale in die gesig, en as hy haar vertel sy's nie sy moeder nie, huil sy net voor sy vader van die werk kom. Sy vader vra dan sy stiefmoeder waaroor huil sy!? Dan sê sy stiefmoeder Peter was so onbeskof, hy bly haar vertel sy's nie sy moeder nie, maar sy vertel nooit hoe sy hom hondontlasting laat skoonmaak, as hy honger van die skool afkom nie. Wie wil hondontlasting skoonmaak, as jy honger is?

Dan vat sy vader 'n rooi petrolpyp en looi vir Peter met dit dat sy hele liggaam pimpel en pers en opgeswel is, en dan moet Peter nog boonop in yskoue badwater klim en hom daarin was. Dit is die molestering wat Peter moes deurmaak en hy was altyd sjofel gewaad, tot op skool moet hy met flenter skoene en flenter rugsak loop elke dag.

Hy het ook sy eie klere gewas en kan nie gekonsentreer het op skool nie, want die mishandeling was vir Peter te veel, en die dat sy vader altyd sy stiefmoeder se kant kies, en hom halfdood slaan. Daar was niemand aan wie Peter sy saak kon stel nie. Peter het toe begin dagga rook en het vertroosting by die straatbendes gaan soek, en dis waar hy blootgestel word aan 'n bendeverwante lewe.

Al het Peter sy foute gehad, was liefde en bietjie aandag 'n baie armoedige gevoel in sy pouper lewe, want daar word altyd oor sy skouer gegluur vir foute. Hy wou al baie kere weghardloop van die huis, want die molestering was vir hom te veel. Hy word elke derde dag gelooi. Die bloupers wonde het nog nie eens reg gesond geraak nie, dan looi sy vader hom weer met daai rooi petrolpyp, wat hy insolasie kleefband neem en die pyp omvou vir 'n handvatsel om Peter daarmee te looi.

Elke Saterdag oggendstond het sy vader in die toilet gaan sit, met 'n halfbottel Old Brown Sherry, 'n Milk Stout bier en dan rook hy dagga in die toilet, totdat hy voel hy het nou genoeg gehad. Dan maak sy stiefmoeder haar reg en hulle gaan inkopies doen, maar Peter wou net na sy moeder toe gaan, wat buitekant slaap op die strate van Eersterivier en sy het vir die mense huishoudelike dienste gelewer, soos wasgoed was en stryk en huis skoonmaak.

Eendag voor Peter se verjaarsdag, het sy moeder hom belowe sy sal hom 'n geskenk gee op die dag van sy verjaarsdag.

Hulle het baie ver van sy moeder gebly en toe wat sy vader en stiefmoeder na Eersterivier gaan, word Peter in die huis toegesluit, waar diefwering aan elke venster is. Hy het daardie aand geween, omdat sy moeder, na al die jare haar laaste duit gaan neem om hom 'n polfyntjie te koop, maar hy was nie daar nie. Dit het Peter diep seergemaak en hy het besluit om weg te loop van die huis. Hy het in 'n plakkerskamp gaan slaap vir een naweek en daarna het hy na sy ouma gegaan. Hy het sy ouma als vertel en sy het hom toe daar laat woon. Hy het die skool gelos, maar die volgende jaar het hy weer terug skool toe gegaan, want hy het geglo sonder edukasie kom jy nêrens in die wêreld nie. Sy ouma het toe vir sy vader geld gevra omdat Peter weer skoolgaan en sy vader het vir drie volle jare nie by sy ouma gekom of kom kuier nie.

Toe hy kleuter was het sy moeder hom altyd na die smokkelhuis geneem as sy daar gaan drink het, en as sy beskonke is, het Peter altyd in sy vader se oor gefluister: "Pappa, mamma's besope." En dan looi sy vader sy moeder elke dag. Hy het nie daarvan gehou dat sy pappa sy mamma slaan nie.

Peter het liefde gekry by die Hard Livings-bende, maar die liefde was van so 'n aard dat hy moet deel

254

word van die bende. In Eersterivier het sy vriende almal bymekaar gekom en hulle het Peter geroep en 'n swart armband aan die brand gesteek, wat mense 'n "zombie" noem. Die as het hulle gevat en met Peter se speeksel gemeng. Daarmee het hulle ink gemaak en die ink in 'n tandepasta-doppie gegooi om vir Peter 'n HL-tatoeëermerk te steek met die naald. Elke keer druk hulle die punt van die naald in die ink, en dan in sy vlees en prikkel die HL uit. Hulle het hom 'n tatoeëermerk op sy linker en regter-bobeen gesteek, en gesê: "Dit is veilig daar, want jy staan mos nie naak voor jou vader nie. Weerskant sy geslagsorgaan, op die regterkant die H, en linkerkant die L, wat die afkorting is van Hard Livings.

Hulle het hom die reëls en regulasies van Hard Livings voorgelees en waarvoor elke letter staan en wat dit beteken. Hulle het hom die heimlike boek van Hard Livings Kids gegee en sy bende-broer(sy swartbord) het hom met die volgende geheime reëls en regulasies geskool ...

HARD LIVINGS SE HEIMLIKE BEWEGING EN BOEK

H - Hard	**L** - Living	**K** - Kindness
A - Are	**I** - Is	**I** - Is
R - Reliable	**V** - Very	**D** - Done
D - Death	**I** - Innocent	
	N - Naughty	
	G - Gangsters	

Daar's 7 reels en regulasies
1: Respek en dissipline

2: *Jy sal nie jou broer uitvloek nie*
3: *Jy sal nie jou broer iets gooi nie*
4: *Jy sal altyd sak, waar jou broer sak (sit en opstaan)*
5: *Jy werk nie met die " Mapoeza" (polisie) nie*
6: *As dit is jou broer is in 'n "tight" sal jy hom altyd uit skiet*
7: *Soos wat dit is: Jy staan met 'n boek, volle bewysstuk, vir jou en die hele "Mkhosi" (Soldate), jy sal 'n vierde kamp stig (nog mede-bendebroers maak)*

IN THE GARDEN OF EDEN

One day I walked in the Garden of Eden, I met a man called Mr. H.
He told me all about the hard things in life
Then he send me to a man called Mr. L.
He told me all about the living things in life
That is where I became a Hard Livings ...

DAAR'S VIER MANSKAPPE, "DIRTY", "LONELY", "LUCKY" EN "HAPPY"

Een sonnige môre het ek opgestaan. Ek het gevoel ek was **"DIRTY"**. Ek het geval na die badkamer, ek het my 'n "splash" gegee. Verder het ek geskarrel, ek het gevoel ek was **"LONELY"**. Ek het my uitgeskiet, ek het gaan soek na werk. Ek het werk gekry. Ek het gevoel ek was **"LUCKY"**. Ek het geval na my tannie(moeder), ek het haar 'n kroon(geld) afgespeel(gegee). Ek het geval na die broerse, ek het hulle 'n lekkertyd gegee. Almal was **"HAPPY"**.

256

Rashied Staggie, Rashaad Staggie se tweelingbroer het gesê daar's drie dinge in die lewe wat jy nooit moet vergeet nie: **BEGRIP, WYSHEID, EN INSIG**

Jy moet die **BEGRIP** het wat jy doen.

Die **WYSHEID** hoekom jy dit doen, en

Die **INSIG**, waarom jy die doen.

Peter was toe 'n lid van die gevreesde Hard Livings-bende in Eersterivier en het ook 'n tak in sy ouma se woonbuurt gaan stig. Peter het 'n gewilde bendelid geword en alhoewel hy so jonk was, het hy in sy prille jeug net met bendes uitgehang.

Eendag gaan hulle na 'n mede-bendelid genaamd Aaron, van die Hard Livings, se begrafnis, want een van die Junior Cisko Yakkies-bende het voor sy huis gestop, en toe hy uit die huis kom, skiet hulle hom drie keer – dood.

Peter was omgewe met die Hard Livings van ander plekke en het welbekend geword omdat hy nog 'n jongeling was. Hulle staan in 'n kring om Peter en vra hom uit oor die geheime kodes van die Hard Livings-bende, wat dit is hoe hulle in bewind is en ander bende reëls, om dit te bestudeer. Hy het hulle als geantwoord, want hulle het hom deurmekaar gevra, maar Peter was te vernuf vir hulle en hulle het Peter die voorreg gegee om mense Hard Livings-bendelede te maak.

Daar het Peter geglo, hier begin die lewe, en hy kan die Hard Livings-bende tot 'n ander vlak neem. Hy het in sy ouma se woonbuurt mense gelok, want hulle was vreesbevange vir hom, en hy het hulle laat glo: Jou ma en jou pa's ook Hard Livings, want hulle staan vroeg op in die oggend, gaan werk kliphard en kom saans laat huis toe, om jou mond oop te hou, klere te koop en om vir jou 'n lewe te gee. Wil jy dan nie ook 'n Hard Livings word nie, want die Hard Livings is nie bendes nie, maar die *Ugly American* en *Young American* en *Young Dixi Boys*-bendes, maak die Hard Livings-bende 'n bende, omdat hull jaloers raak op die Hard Livings-bende. Nou skiet hulle en maak oorlog teen die Hard Livings, maar Hard Living's eintlik 'n *Innocent Naughty Gangster,* dis die laaste betekenis van die laaste drie letters van Living. Dan stem die jong mense in hul prulle jeug in en moet daar twee lede van die Hard Livings-bende, Peter en nog 'n mede-bendelid, daar saam met die nuwe lid wees, een as 'n getuie en Peter as die "Skoolmeester" van die geheime bende kodes waarmee die duisternis van die onderwêreld mee bestuur word en hoe hulle optree.

Peter was 'n gewilde leier, want hy het klomp jong mense onder die Hard Livings-bende se vlag gebring. Die Britse vlag van Brittanje, en dit simboliseer dat die Hard Livings-bende in opposisies teen die ander bendes op die Kaapse Vlaktes. Hulle het almal vir Peter begin skree: "Hard will I suffer, never will I cry. Hard Livings I was born, and Hard Livings, I shall die."

Peter en sy mede-bendes het die strate oorgeneem en daardie aand in Eersterivier, na Aaron se begrafnis, het hulle na 'n kantien gegaan, maar die eienaar wou nie hê hulle moet inkom nie. Toe sê Peter: "Dan roof ons elke kliënt van jou wat hier uitkom!"

Dis al twee-uur die oggend en voor dit het Peter, Maja, Louis en nog 'n mede-bendelid 'n jongman gekry wat op pad is om sy suster by die kantien te kom haal, toe erken hulle hom as 'n medelid van die Wonder

Kids-bende, want Wonder Kids was voor in sy nek getatoeëer.

Die jongman sê vir hulle: "Ek is bekeer mense! Ek is klaar met bende aktiwiteite, asseblief? Ek kom maar net my suster by die kantien haal."

Maar Maja, Louis en die mede-bendelid wou dit nie verstaan nie en hulle slaan 'n volle krat bier op sy kop stukkend dat die bloed stroom oor sy gesig. Peter skop en trap net, maar toe trek hulle hom onder die bome in daar naby die kantien en laat hom daar vir dood.

Die volgende oggend trek die polisie 'n barrikade en ondersoek die moordtoneel. Peter het stadig daarheen geloop en gesien dis dieselfde man van gisteraand en sy oë was nog oop. Dit val Peter by dat Maja, Louis, en die mede-bendelid die man vermoor het en Peter het vir homself gesê, hy sal nooit meer in Eersterivier bly nie. Hy het lam in die knieë daar van die moordtoneel weggeloop. Onmiddellik het hy trein gesteel na sy ouma toe. Dit was Peter se eerste ervaring van wat bendeskap inhou, maar woorde was min, hy het aangegaan met sy bende lewenstyl om die Hard Livings-bende te laat uitbrei.

Leiers van die Hard Livings – die tweelingbroers, Rashied en Rashaad Staggie, was sy rolmodelle en hy het al vir Rashied Staggie gesien toe hy en Ernie Lapepa, 'n bendeleier van die *28-bende* 'n samekoms gehou het om die bende-oorlog tussen die Ugly Americans en Young Dixi Boys te bekamp. Toe wys Peter in die skare van die mense die Hard Livings-handtekens vir Rashied Staggie en hy glimlag net effens vir Peter, want die bogsnuiter was nog nat agter die ore, maar is al 'n medelid van so 'n gevreesde bende van die Kaapse Vlakte.

Daar was by Peter se ouma se woonbuurt 'n medelid genaamd Marky, maar hy en sy vriende het nie die tatoeëermerk van Hard Livings gehad nie. Peter het vir hulle gesê: "My broe, dra 'n Hard Livings-brandmerk. Julle's nie my broers as julle nie die tatoeëermerk het nie."

Hulle het hulself die *Sewe Dwergies* genoem en hulle as mede Hard Livings-lede voorgedoen, maar Peter wou niks weet daarvan nie, en het aangedring daarop dat hulle 'n tatoeëermerk moet kry, maar hulle het hom begin seermaak en hy het aangehou en gesê: "Julle is nie my broers nie!"

Van hulle het later begin tatoeëermerke dra, want hulle het besef Peter gaan hulle nie aanvaar as 'n mede-broer nie. Hulle het die name gehad, Marky was Grumpy, Afonso van Heerden was Doc – wat nou 'n mede 28's bendelid is saam met George "Geweld" Thomas, en sy mede 12's bendelede wat 'n reeks moorde gepleeg het op die Kaapse Vlakte en tot lewenslange tronkstraf gevonnis is. Vernon was Dopey, Terrence was Bashful, Heinrich was Sleepy, Patuis was Sneezy en Brad was Happy. Verna, 'n meisie wat Peter van Eersterivier se Hard Livings ken, was Sneeuwitjie. Sy het hulle vertel hoe Peter daar in beweging was en hoe hulle daar oorneem. Hulle het mense geroof, seergemaak, bedreig, ingebreek, gesteel, als wat misdaad was moet hulle doen, want hulle moet die Hard Livings-vlag hoog laat wapper om die ander bendes te wys, die Hard Livings neem oor.

Alfonso, genaamd Doc, het laat Peter saam met hom by 'n motor inbreek. Hulle het die man se visstok en gereedskap, bougereedskap, boor, slypmasjien en ander gereedskap gesteel en begrawe.

Die volgende dag vang hulle vir Peter met die gereedskap en hy's vir die eerste keer toegesluit met 'n motor inbraak-saak. Hy moes 'n korrektiewe klas bywoon vir ses weke, dit was sy straf en hy het dit voltooi. Terwyl hy in die selle was, het hulle hom gesê hy moet sy klere weggooi, want daardie selfde klere sal hom terug laat loop tronk toe, en dit was toe net so. Peter het maar altyd klere by die mense gekry en hy het baie van die swart Samson-broek en wit T-hemp gehou met 'n wit duif en takkie in die mond op, wat vrede simboliseer. Met daai klere het hy tronk toe gegaan, maar die keer, vir verkragting.

Hy het die meisie in 'n speelpark ontmoet en sy het baie van hom gehou. Hy het vir sy twee vriende gesê hulle moet gaan dagga koop, hy gaan hulle daar by die halfgeboude huis kry. Terwyl hulle weg was het Peter en die meisie genaamd Urith, daar ingegaan. Net toe hulle begin soen, kom soek hulle haar daar en sê haar pa soek haar.

Na 'n uur kry hulle vir Peter en sê: "Jou verkragter!" en slaan hom. Hy't gesê hy is onskuldig, hy het nie die meisie verkrag nie, maar was arresteer deur die Kinder-beskermings-eenheid en was in die selle aangehou omdat hy nog minderjarig en op skool is. Vir drie jaar het hy hof geloop in sy skoolklere. Later het die hof hom onskuldig bevind, omdat daar geen bewyse van die doktersuitslae was dat Peter haar gepenetreer het nie. Alhoewel daar penetrasie was, kon dit nie bevestig word dat dit Peter was nie, want daar was niks semen van Peter in haar gekry nie. Sy was deur die loop van die saak deur ses mans weer verkrag. Peter het aangehou hy is onskuldig.

Hy het later die skool gelos en het met dwelms betrokke geraak. Hy het Mandraxtablette gerook en was nou ook 'n misdadiger, en het mense gekul uit hul geld. Soms as hulle hom stuur om dwelms te gaan koop, skeur hy sy knope van sy hemp af en druk dit in sy hempsak, smeer sand in sy gesig en gooi dit oor sy hare en dan sê hy:

"Ek's geroof! Dis die Dixi Boys, hulle staan daar die veld met 'n lang mes. Kom ek gaan wys julle waar hulle is."

Dan sê hulle: "Nee los, dis in die haak! Ons is bly jy's veilig." Peter het alte goed geweet hulle is te skytbang vir die bendes en sal nie waag om voet daar te sit nie.

Een aand gaan koop Alfonso en Peter Mandraxtablette, maar Doc het lank weggebly, en Brad, genaamd Happy, en 'n mede 28-bendelid, vra: "Het Fonnie nou 'n "button" (dis 'n ander naam vir 'n Mandrax) gaan koop? En praat die waarheid."

"Ja, my broe, jy weet ek het waarheid vir jou," sê Peter en loop toe weg.

Na 'n uur in die donker nag kom Alfonso. Hy en Peter gaan na die halfgeboude huis om te gaan Mandrax rook, maar toe pluk Alfonso 'n mes uit en steek vir Peter aanmekaar en sê hy moet sy broek aftrek. Hy forseer Peter se broek af terwyl hy vir Peter met die mes steek. Alfonso van Heerden het vir Peter wreed verkrag. Al wat Peter kon doen was om die "Onse Vader" te bid, terwyl Alfonso (Fonnie of Doc) hom sodomities verkrag. Dit het Peter Arendse se lewe vir ewig geskend dat sy manlikheid van hom ontneem is.

Mansmense wat verkrag word word homoseksueel, maar Peter het die fors en veerkrag van 'n onverskrokke leeu, en hy het daardeur gelewe en geglo dat hy sal verbeter, al kom wat sy kant toe. Die leed wat hom aangedoen is het hy met sy broer gepraat, maar toe die beskonke was, het hy sy vriende saam met wie hy drink vertel. Peter het van sy huis af weggeloop, want as jy nie jou eie broer kan vertrou nie, dan is die wêreld rerig 'n onregverdige plek vir die mens om in regverdigheid te leef. Al het dit geblyk dit gaan Peter krenk, het hy die veerkrag gekry om deur al sy wee te groei en dit hom nie laat onderkry nie.

Afonso van Heerden, 'n mede bendelid van die 28's was later onder die bestuur van George "Geweld" Thomas, en hulle het mense vermoor. Geweld en sy 12-rampokkers, Alfonso van Heerden ingesluit, is lewenslange gevangenis-straf opgelê.

Peter het toe bevind hy's HIV-positief en het nie geweet of dit van die verkragting was, of 'n meisie wat hom dit gegee het nie. Peter het met ander lede van die Hard Livings nog 'n tak gestig en daar het hulle vir Peter en nog 'n medelid in die been geskiet, want die mense was lede van die 28's en hulle het versterking by die Hard Livings gesoek. Peter was die beste kandidaat om dit te volbring, want hy het vele Hard Livings onder sy bevel gehad. Na die skietery sien Peter

263

die 28's neem nie wraak nie, toe draai hy teen al die bendes.

Hy het vir agtien maande tronk toe gegaan omdat hy weer by 'n motor ingebreek het en die medelede het hom laat inbreek. Hulle het 'n vonkprop stukkend gekap en onder die tong gesit, nat gemaak met die speeksel en die motor se ruit stukkend gegooi. Jy kon niks hoor nie, als het so sag gebeur. Hulle sien toe die mense kom, maar verwittig nie vir Peter nie. Peter word wreed aangerand en toegesluit, maar hy sê toe vir die polisie hy's nie alleen nie, en gaan wys die polisie waar hulle woon en hulle was teen die pad aangekeer. Die enigste rede hoekom Peter dit gedoen het, was omdat hulle hom nie verwittig het nie. Hy het later 'n beëdigde verklaring geskryf dat hy alleen was. Die Magistraat het hom daardie dag tot agtien maande gevonnis, omdat sy geweet het hy's nie alleen nie, maar hy wou ook nie sy mond oopmaak nie, want die ander beskuldigdes was Streekhof lede, hulle sou 'n lang straf gekry het.

Na die vonnis het niemand Peter kom besoek nie en hy het gedink hy's klaar met die bende aktiwiteite. Hy was vrygelaat op 'n jaar parool en op sy laaste parooldag, het hy hulle gesê: "Ek's klaar met die Hard Livings! Julle's nie my broers nie. Julle sê mos vir my mense dis my eie skuld dat ek daar is, en wou skaars 'n tienrand vir my stuur toe 'k in die tronk was. Ek het gedroom van die dag wanneer ek my parool klaar maak en vir julle in julle gesigte kan sê: "Ek's klaar met die Hard Livings! Julle kan my niks maak nie, want meeste van julle het ek geskool en Hard Livings gemaak. Van my ouma se erf af!" skree Peter vir hulle en hy't sy rug op die bende gedraai.

Jare later het Peter begin manuskripte skryf van gedigte oor sy lewe en hoe om elke situasie met lankmoedigheid te hanteer, want die duiwel haas mens om dinge te doen en dis waar soos hulle sê: "Haastige hond, verbrand sy mond."

Peter Arendse is getroud en hy swets: "Ek het 'n myl deur faeces geloop en skoon anderkant uitgekom."

Om deel van 'n bende te wees is net drie dinge: Seerkry en hospitaal toe, tronk toe, of dood.

Geen bende of bendelid het nog ooit oorwinning behaal nie. Hulle's jonk dood, en het nog nie eens vir sy ma gewerk nie. Vandag bekamp Peter Arendse misdaad en al wat hy geleer het, was: As die lewe jou nie wil gee wat jy wil hê nie, gee die lewe jou als ... moet nooit moed opgee nie.

Soentjies en koeëls

Alan Cronje en Wilmien Steenkamp's twee sluip-moordenaars, wat teen mekaar opgemaak is deur hulle werkgewers omdat hulle kontrakte verval, en dit moet met 'n koeël tussen die oë, afgeteken word. Dit was ingeteken met bloed. 'Bloed in, bloed uit'. Elkeen van hulle voer hulle laaste opdrag uit ...

Alan's 'n baie aantreklike jongman met lang blonde hare wat oor sy skouers fladder as hy in die bries van sefier loop, met pragtige blou oë. Hy moet die Minister van Polisie se seun vermoor, maar hy het ook 'n seuntjie, en voer toe nie die opdrag uit nie. Sy werkgewer doen dit self en vermoor Alan se vrou en vyfjarige seuntjie, om vir Alan 'n les te leer.

Wilmien's 'n beeldskone blondine met ylblou oë. Sy hou van haar eau de cologne – Victoria Secrets-reeks, en moet die multi-biljoenêr, Elon Musk se kind vermoor, wat hy by sy eksvrou se dogter het. Wilmien vind uit dat dit 'n lokaas is en 'n ordening was van selfmoord, want haar werkgewer het alreeds vir Wilmien vervang met 'n Russiese-sluipmoordenaar, Nadezhda Koroteeva van Moskow, wat Wilmien moet vermoor. Wilmien ontvlug die koeël van die sluipskutter, om Alan te gaan vermoor, en Alan's op pad om Wilmien tot niet te maak.

Hulle ontmoet mekaar by Sun City se vyfsterhotel, en hulle kamers is langs mekaar. Hulle werkgewers het hulle opdrag gegee om solank voor te berei, want hulle teikens sal by Sun City wees.

Alan pronk in 'n aandpak en betree die casino, opgetooi soos 'n manlike serafien en is baie charismaties en as hy praat, gebruik hy bellettrie om homself te beskryf en die wedergeslag aan te lok en te beïndruk met 'n bros stem, koetsbouer liggaam en hou van klassieke musiek soos Luciano Pavarotti, Tchaikovsky, Beethoven, Mozart en Rosini. Dit maak hom opgetoë as hy sy slagoffer tegemoetgaan en laat hulle altyd 'n pynlose dood sterf, of as hulle wederstrewig teen hom is, dan knou hy hulle koelbloedig af en dan maak hy hulle tot niet.

Hy's baie beminlik oor roulette en sfaleriet, maar voel daardie aand gelukkig en gaan staan oorkant Wilmien en plaas sy wed op rooi sewentien en swart sewe. Die balletjie rol en dans al om sy nommers en beland direk op rooi sewentien. Hy trek Wilmien se aandag, en hy wed weer op die swart drie en wen.

Wilmien komplimenteer hom: "Majestueuse keuses, word deur aantreklike minnaars gemaak."

En Alan sê: "Agter elke aantreklike minnaar se hart, flonker daar liefde wat tot bloedvergieting oorslaan. It takes great courage for a king to serve others ..."

Sy swets: "Sun Tzu! Let your plans be dark and impenetrable as night ..." Wilmien en Alan lonk mekaar, want hulle het beide 'n passie vir bloedvergieting en bellettrie van woorde wat in bloed geskryf word.

Alan wen 'n paar roulette rondes. Hy en Wilmien is in haar hotelkamer, soen en vly terwyl sy haar hakskoene uittrek en hom ontklee. Hy soen haar in die nek en trek haar aandrok uit. Sy kir en hulle dans vry-vry na haar bed en maak passievolle liefde dwarsdeur die nag.

Hulle noodlot neem 'n ander koers in, en hulle raak verlief op mekaar, na die gesellige aandjie saam.

Die volgende oggend, terwyl hulle saam in die bed vly, ontvang hulle altwee hul opdragte. Hulle gluur na hulle selfone vir die identiteit van hul teikens en strakkyk mekaar. Elkeen van hulle gluur na hul pistool en beide spring naak uit die bed om hul laaste opdrag uit te voer ...

Hulle's beide aanhangers van die skrywer, Sun Tzu se boek, *Art of War* En beide's op die mees gevaarlikste lys en word deur die polisie gesoek.

Wilmien haas en skraap na haar Smith and Wesson Glock in haar handsak, en kyk na Alan. Hy gryp sy aandbaadjie en voel-voel vir sy CZ-88 pistool en beide rig die vuurwapens opmekaar. Alan sak op sy knieë en Wilmien duik agteroor na die laaikas. Koeëls stortreën soos Orkaan Katrina op haar dat als wat voor haar is, in splinters heen en weer tuimel. Skielik is daar doodse stilte.

Wilmien swets, terwyl sy agter die flenter laaikas skuil met haar pistool in haar regterhand: "Hmmm ... When the enemy is relaxed, make them toil. When full, starve them. When settled, make them move. Baie klassieke styl, meneer Cronje."

"Dis maar een van my gunsteling beeldryke verse, en ek min die reaksie daarvan," sê Alan en hy herlaai sy magasyn en gluur om die muur.

Soos 'n gees het Wilmien daarvan ontvlug. Hy gewaar haar skadu en haas die askeet en die koeëls volg sy elke skrede, asof hy vir 'n swerm bye vlug, na 'n gulpende vliet van 'n onstuimige rivier, soos 'n kinkajoe wat gewaad is in 'n byekorf.

Sy skree agterna: "When you move, fall like a thunderbolt. Wees op jou hoede!"

"If you attack quickly and with strength, it will be impossible for your opponent to prepare or react. Baie romanties, mejuffrou Steenkamp," sê Alan hygend en voel of hy nie getref is nie.

"Dis wat my soos 'n hemelse godin laat voel. Soos William Blake skryf: Hell must be empty, for all the devils are here," bulderlag Wilmien en kyk of daar nog koeëls in haar vuurwapen is.

Skielik's daar 'n klop aan die deur en die dame skree:

"Hier's die sjampanje wat julle bestel het!"

Alan en Wilmien's geskok, steek hulle pistole weg en maak die hotelkamer adret as moontlik. Wilmien dink, wie het dan sjampanje bestel? maar sy maak maar die deur oop.

Die hotel-kelnerin stoot 'n trollie met 'n skinkbord op, wat met 'n silwer bak bedek is in, en sy sê: "Komplimente van die bestuurder. Hy het sushi gestuur vir julle!" Sy lig die deksel op en daar lê en swier twee pistole daarin.

Wilmien en Alan se oë peul uit. Wilmien spring agter die bed in, Alan gooi homself agter die flenter laaikas in, en die kelnerin, sy gryp haar twee pistole wat met 'n knalpot geskroef is en begin skiet op Wilmien en Alan. Sy draai soos 'n warrelwind, met 'n pistool in elke hand en soos 'n rooi roos wat dans-fladder in die stortreën en mistral se vlaag, brand sy los op hulle. Al wat hulle kan doen is die koeëls ontvlug.

Dis die tweede verdieping en Wilmien probeer om dit tot by die askeet se venster te maak en te ontvlug, terwyl Alan sy pistool in die hande kry en terug skiet om Wilmien te beskerm.

Die Russiese-sluipmoordenaar koes vir die koeëls, en hardloop vir die askeet. Wilmien is uit by die venster en op die motorskuur se dak. Die koeëls klik-klik agter haar aan, want die dame's agter Wilmien.

Alan ontglip haar en hy hardloop in by die hyser en ontvlug haar ook. Dis toe wat die polisie hom probeer vastrek, en net voor hulle hom wil arresteer, druk hy die grondvloer se knoppie. Hy hyg terwyl hy halfnaak in die hyser staan. Daar's dames in die hyser wat hom lonk en sy spiere aanskou.

"Dis baie warm. Die lugtempering is sekerlik af," sê hy en die mooie dames giggel vir mekaar, want hulle het kostuums aan om 'n klein vertoning vir die gaste te gee om hul te verwelkom. Alan kyk maar net voor hom.

Die polisie waak op die nommers van die hyser en haas agter Alan aan. Toe wat die hyser open, kom al die dames uit, maar Alan het spoorloos verdwyn. Die speurder gewaar 'n vrou by ontvangs staan met lang blonde hare, met haar rug na hom, en dit tref die speurder dat Alan dalk sukkel om te ontsnap en een van daai kostuums aangetrek het.

Hy hardloop na Alan met doekvoet en net toe hy Alan aan die skouer gryp en sê: "Ek het jou!" kyk die dame om.

" Wat!?" vra sy.

Ewe skaam sê die speurder: "Verskoon my, mejuffrou?" en kyk links en regs of hy nie vir Alan gewaar nie, maar Alan het ontglip toe die hyser stilhou op dieselfde vloer, maar aan die anderkant van die hyser.

Wilmien sit en peins in die koffiewinkel, Mugg & Bean, en geniet haar aan 'n latté en croissant. Sy gluur kort-kort oor haar skouer, maar sug ook van verligting omdat sy die noue ontkoming oorleef het. Skrikwekkend lui haar selfoon, dis haar werkgewer. Terselfdertyd staan die Russiese-sluipmoordenaar, Nadezhda Koroteeva, oorkant die pad en rig 'n haelgeweer met 'n knaldemper na Wilmien se kop.

Die werkgewer swets: "Veels geluk! Dis net soos ek gedink het ... Jy's puik met jou optrede, en oorleef elke trag om jou tot niet te maak, soos altyd. Kyk, die polisie's in vyf-sekondes daar om jou te arresteer," en hy sit die foon neer.

Net voor Russiese-sluipmoordenaar die sneller wil trek, vlaag die polisie met vier polisiemotors daar verby, en sy trek die haelgeweer en tree terug, pak op, en sorg dat sy voete maak, want die polisie haas by die koffiewinkel in om Wilmien te arresteer.

Wilmien gluur na die kelner en ontvlug deur die kombuis, deur die koffiewinkel se agterdeur, en toe sy buite is, hoor sy net 'n gesuis hoe 'n koeël verby haar blonde hare skaaf en gewaar deur die newelagtige stof, die sluipmoordenaar's agter haar aan. Sy skiet 'n tweede maal, Wilmien koes en die koeël gaan deur die vullisdrom.

Sy besef Nadezhda skiet van die ander gebou af, en die polisie het die koffiewinkel omsingel. Sy hyg en hardloop. Die polisieman skree: "Stop, of ek skiet!"

Wilmien gluur links en regs en gewaar hoe die polisie so dertig voet van haar af is en haar benader. Skielik kom daar 'n motor verby en die bestuurder skree: "Hier! Kom hier!"

Wilmien peins vir 'n oomblik of dit nie 'n lokval is nie en waag maar die kans. Met haar pistool in haar regterpalm van haar hand klim sy in die motor en rig dit op Alan, min wetend hy het alreeds sy vuurwapen in haar heup gedruk.

"The opportunity of defeating the enemy is provided by the enemy himself. Nie vandag nie. Hoe kan 'n rivier teen 'n takrivier vloei?" sê hy.

"Kan ek die vliet vertrou wat dit uitgiet, as ek dors het? Nee! Die water's giftig, al is dit soetvloeiend, want jy weet nie waarvandaan al daardie vliete kom nie!" swets Wilmien ek stipkyk vir Alan.

Hulle haas daar weg, en hou die vuurwapens gerig op mekaar, terwyl hul gejaag word deur die polisie. Alan trap die akselerator en hy vlieg verby 'n bus en vier motors soos 'n stormwind, en drie polisiemotors se sirenes skree agterna. Daar kom 'n trein aan en die spoorkruising maak toe. Alan dink as hy dit voor die trein kan maak, kan hy die polisie ontglip, en hy gluur na die versnellingsmeter.

Wilmien sê: "Ek skiet jou eerder vrek, as om toe te laat dat jy ons beide onder die trein gooi!"

"Verkies jy eerder lewenslank tronk toe, en jou as word aan jou familie gestuur? Dis tronk toe of dood! Ek gaan oor daai spoorlyn ...!"

Wilmien trek stilletjies die sneller soos hulle na-aan die spoorlyn kom. Alan sit die motor in vyfde rat en trap, die trein vlaag soos 'n warrelwind nader. Alan ry die stoppaal stukkend. Die trein kom vir 'n kop-aan-kop botsing, die polisie agterna.

Wilmien druk harder op die sneller om Alan te skiet, sy knyp haar oë styf toe, en op die nippertjie van dood, ry Alan 'n haar se dikte verby die trein, laat die voorpunt van die trein effens teen die agterbak van die motor 'n keep gee. Die motor draai effens, maar Alan trap die akselerator, en Wilmien open haar oë en skree in doodsangs: "Stop die motor! Laat ek uit!"

Alan loer haar net en ry aan ...

Hulle kom by 'n stil straat. Hy stop en sê: "Wees op jou hoede vir daai Russiese-sluipmoordenaar. Jy't darem 'n baie goedgesinde vriendekring! Almal soek jou dood. Skoons ek!"

Wilmien smirk net na hom wyl sy uitklim en gooi die deur toe.

Alan ry verder en besef sy vuurwapen is weg, en toe hy omkyk, reën die skote agter hom aan en Wilmien sê: "Ek sal nog jou melk uit jou koffie steel ..."

Wilmien sit in haar motelkamer en wei op haar rekenaar, hoekom haar baas haar wil moor en wie's die Russiese-sluipmoordenaar wat haar agtervolg? Hoe weet sy presies waar om Wilmien te kry, en wat het haar aantreklike beminde daarmee te doen? Sy sukkel om by haar baas se webblad in te kom en onthou die wagwoord is 'Fedelio', want haar baas is 'n aanhanger van Beethoven. Sy kry foto's van haar en Alan met 'n bottel sjampanje in haar hotelkamer en hoe hulle kafoefel, half naak, en hoe hulle mekaar soen, naak op die bed. Sy ontdek die Russiese-sluipmoordenaar is 'n vervanging vir haar en daar's R35 000 000 op haar hoof.

Wilmien kry foto's van haar elke beweging in Sun City en peins. "Wie's almal betrokke?"

Sy bevind sy's opgespoor, maar weet nie hoe en waar die opspoorder is nie. Sy soek deur haar klere, skoene, bagasie, juwele en al haar grimering, maar kry niks. Sy drink 'n koppie koffie en klim in die stort.

Na sy klaar gestort het, strykloop sy tot in haar voorkamer. Wyl sy haar hare afdroog, loop en ag sy op die doodse stilte. Sy voel iets vreemds in haar voorkamer. Sy staan doodstil en hoor 'n asem respireer agter haar. Dis klaar met haar, dink sy en toe sê sy vir haarself sy moet haar moordenaar minstens eers in die oë kyk.

Toe sy omkyk, staan Nadezhda Koroteeva met die vuurwapen op haar gerig, en net toe wat Nadezhda die sneller wil trek, skiet iemand die vuurwapen uit haar hand. Wilmien gewaar toe dis Alan wat Nadezhda deur die venster geskiet het. Nadezhda gryp nog 'n pistool uit.

Wilmien skop dit uit Nadezhda se hand uit, en sê: "Recklessness, will lead to destruction."

Hulle staan teenoor mekaar en begin met 'n karategeveg. Wilmien skop na Nadezhda se gesig, Nadezhda koes en skop haar in haar maag. Wilmien snak na asem en gee 'n vuishou na haar gesig. Sy keer en stuur met die regtervuis en toe met die linkervuis en slaan Wilmien 'n vinnige skephou, laat die bloed spat uit haar mond en gulp uit haar neus soos 'n kaskade.

Wilmien steier oor die rusbank en val hard op haar rug. Sy probeer op haar voete kom, en Nadezhda skop na Wilmien se gesig. Wilmien keer die skophou en skop Nadezhda se voete onder haar uit, krink haar regterbeen oor Nadezhda en sit haar linkervoet onder Nadezhda se nek en regterbeen oor Nadezhda se nek en trek Nadezhda se regterarm agter haar eie rug, strek en hou haar linkerarm reguit sodat sy nie daarteen kan opponeer nie, en wurg haar. Sy klou terwyl Nadezhda struikel, totdat Nadezhda haar bewussyn verloor.

Wilmien staan op, maar toe sy haar rug op Nadezhda draai, staan Nadezhda op en gryp na haar pistool om Wilmien te skiet. Wilmien gryp 'n mes uit die gereedskap-houer, en worp dit vas in Nadezhda se nek, dat sy daar op die plek vooroor val soos 'n donderslag, en sterf.

Wilmien sê: "When you move, fall like a thunderbolt. Victorious warriors win first and then go to war, while defeated warriors go to war first and then seek to win."

Terselfdertyd betree Alan die kamer met 'n pistool in die hand en Wilmien gryp na nog 'n mes en gooi die vuurwapen uit Alan se hand, sak vooroor op die grond en skop Alan in sy kloot, dat hy inmekaar sak. Hy rig nog 'n vuurwapen op haar. Sy druk een vas teen Alan se kop en vra: "Hoeveel betaal hulle jou?! Was ons als net 'n opdrag wat jy uitvoer?! So jy't met my geslaap om jou opdrag uit te voer, en my te vermoor?"

"Waarvan praat jy?! Van watter opdrag praat jy?" vra Alan verward. "Jy's gehuur om my te vermoor!"

"Jy's gehuur om mý te vermoor!" skree Wilmien.

Die polisie kom aangestorm na haar motelkamer. Alan en Wilmien ontvlug te voet deur die agterste venster. Hulle gaan na 'n ou vriend van Alan, 'n grimeerder, en skuil daar tot die stof bedaar.

Wilmien peins toe, hoe weet die polisie waar sy is en hoe ken hulle haar elke beweging?

Alan gluur na Wilmien hoe sy haar ontklee en gewaar 'n snytjie op haar linkerblad. "Waar kry jy dan daardie snywond?"

Sy kyk verbaas na Alan en vra: "Watter snywond?"

Alan wys haar toe in die spieël, en dit val haar by daar's 'n volgtoestel in haar linkerblad geplant om te bevestig of sy al haar opdragte uitvoer en niemand kan ontglip nie.

Alan neem 'n mes en maak 'n snytjie agter Wilmien se blad. 'n Skyfie kom daaruit en hy vernietig dit.

Hulle gaan na 'n supermark om inkopies te doen. In die winkel haal Wilmien onderduims 'n pistool uit en rig dit op Alan. "If you know your enemy and you know yourself, you need not fear the result of hundred battles."

Alan swets nog: "Sun Tzu! Art of War," toe skiet sy Alan in die maag en in die bors. Alan val, en terwyl Wilmien wegstap, reik Alan na sy vuurwapen en skiet vir Wilmien in haar rug en been. Sy val en draai na Alan. Albei lê bebloed in 'n plas bloed, met vuurwapens gerig op mekaar. Terwyl Alan nader na Wilmien toe kruip, skiet sy hom drie keer. Hy skiet Wilmien terselfdertyd vier keer, drie in die bors en een in die skouer. Altwee beswyk aan hulle skietwonde ...

Die polisie en ambulans word ontbied. Hulle word dood verklaar en beide hul liggame word in liggaamsakke gesit en na die lykhuis geneem ...

Wilmien se werkgewer sit en kyk televisie en geniet 'n heildronk saam met sy vennote oor haar en Alan se sterftes.

In dieselfde tyd word Alan se vriend R35 000 000 vergoed vir sy aandeel in die beplanning en uitvoering van hulle moord. Hy plant 'n tydbom in Wilmien se baas se huis. Hy het net sy motor aangeskakel, toe blaas die huis op.

Terwyl Alan se werkgewer by 'n luukse restaurant eet, kry 'n oproep dat Alan dood is. Met sy vierde hap, sak sy kop hard neer op die tafel, morsdood.

Die kelnerin is Wilmien ...

Tydens hul tog na die lykhuis het die ambulansman Alan en Wilmien uit hul liggaamsakke gehaal, lewendig. Alan se ou vriend het hulle grimering aangesmeer om als voor die winkelkamera eg te laat lyk, maar dit was als net toneelspel met grimering en verfpistole, wat hulle mekaar mee geskiet het.

Hulle's daarna Japan toe met vals paspoorte om 'n nuwe lewe te begin. Hulle's nooit weer gevind nie ...

Prohibit the taking of omens, and do away with superstitious doubts. Then until death itself comes, no calamity need be feared. Sun Tzu.

Geagte Leser

Ons hoop dat u ons boek geniet het en dit boeiend gevind het. U terugvoer is baie belangrik vir ons en vir toekomstige lesers.

Ons sal dit baie waardeer as u 'n paar oomblikke kan neem om 'n resensie op Amazon te skryf. U mening help ander om ingeligte besluite te neem en dit help ons om beter te verstaan wat ons lesers waardeer.

Baie dankie vir u ondersteuning!

Vriendelike groete

Die Malherbe Span